# 轉生成蜘蛛又怎樣!

# 8

作者：馬場翁 okina baba
插畫：輝竜司 tsukasa kiryu

Kadokawa Fantastic Novels

# contents

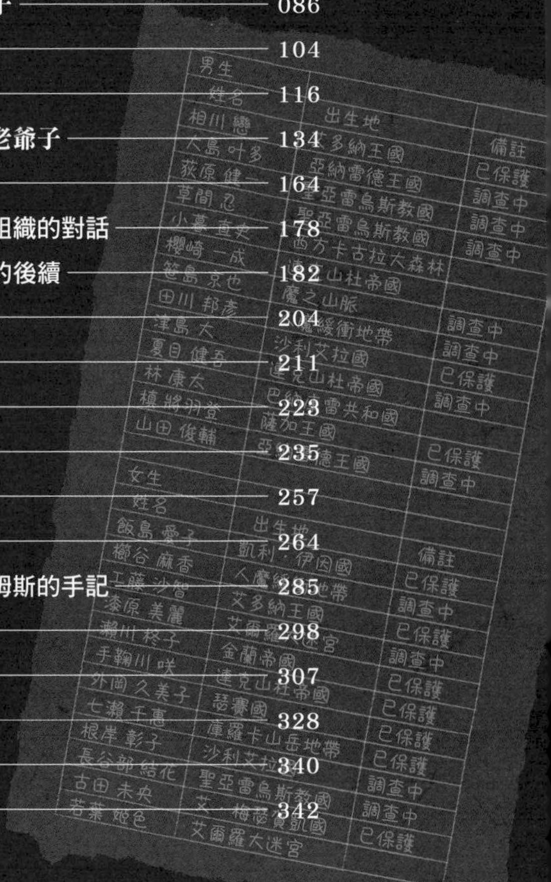

| 男生 | | | |
|---|---|---|---|
| 姓名 | | 出生地 | 備註 |
| 相川 瞬 | | 多納王國 | 已保護 |
| 久嶋 叶希 | | 亞納雷德王國 | 調查中 |
| 荻原 健一 | | 聖亞雷烏斯教國 | 調查中 |
| 草間 忍 | | 西方卡古拉大森林 | |
| 小暮 真史 | | 魔之山脈 | |
| 櫻崎 一成 | | | |
| 笹島 京也 | | 山杜帝國 | |
| 田川 邦彥 | | 緩衝地帶 | 調查中 |
| 津島 大 | | 沙利艾拉國 | |
| 夏目 健吾 | | 山杜帝國 | 已保護 |
| 林 康太 | | 巴雷共和國 | 調查中 |
| 槙將 羽登 | | 薩加王國 | 已保護 |
| 山田 俊輔 | | | 調查中 |

| 女生 | | | |
|---|---|---|---|
| 姓名 | | 出生地 | 備註 |
| 飯島 雲子 | | 凱利·伊因國 | 備註 |
| 櫛谷 麻香 | | 緩衝地帶 | 已保護 |
| 工藤 沙知 | | 艾多納王國 | 調查中 |
| 榛原 美麗 | | 金蘭帝國 | 已保護 |
| 手輪川 咲 | | 連克山杜帝國 | 調查中 |
| 外畑 久美子 | | 薔薇國 | 已保護 |
| 七瀧 千惠 | | 庫賽卡爾山岳地帶 | 已保護 |
| 根岸 真央 | | 沙利艾拉國 | 已保護 |
| 長谷部 結花 | | 聖亞雷烏斯教國 | 調查中 |
| 古田 未央 | | 艾梅凱國 | 調查中 |
| 若葉 妮色 | | 艾爾羅大迷宮 | 已保護 |

# 鬼的慟哭

「嗚、嗚嗚、嗚啊……」

嗚咽聲逐漸消失在夜晚的寂靜之中。

除此之外的聲音全都躲了起來。

彷彿在畏懼那道嗚咽聲的主人一樣。

取而代之支配著周圍的是濃郁的血腥味。

連風也像是要避開那股噁心臭味般不吹拂，將濃厚的死亡氣息留在原地。

只有慟哭聲的主人才知道，遍地灑落的那些血肉原本是哪種生物。

就連月亮都躲在厚厚的雲層後面，彷彿透露著自己不想目睹這齣慘劇。

嗚咽聲裡夾雜著咀嚼聲。

如同大自然的真理，敗者的血肉成為強者的食糧。

然而，出於寒冷之外的原因，在不斷咀嚼的同時，那位勝者全身起滿了雞皮疙瘩。

「沒問題，我還可以。」

儘管身為勝利的一方，他的話語中卻充滿畏懼，就像是在自我催眠。

「我還沒瘋！」

誰也沒有聽到那聲叫喊，聲音就這樣空虛地消失在黑夜之中。

# 1 我變弱了

藍天白雲。

雖然有點冷，但是拜陽光所賜，讓人能夠忽視寒意。

天氣好到不行。

這種日子當然要去野餐！

「呼～呼～」

但現實是殘酷的。

雖然從天上灑落的陽光對一般人來說是種恩惠，但對我們來說則是最可恨的敵人。

然後，有個女人已經奄奄一息了。

那就是我。

「那位小姐還好吧？」

負責盤查的士兵擔心地問。

而我已經沒有力氣回答了。

「沒事。那傢伙總是這副死樣子。」

「她這樣能算是沒事嗎？」

聽到魔王這麼說，我感覺到士兵用更加擔心的眼神看了過來。

「嗯，就是因為不算沒事，所以能不能快點讓我們進去？如你所見，我想早點讓她休息。」

「啊啊，說得也是。好，你們可以進去了。路上小心。」

魔王付清所有人的通行費後，我們穿過大門踏進城鎮。

我躺在梅拉駕駛的馬車裡，也跟著穿過了大門。

這裡是連克山杜帝國的邊境。

一個離魔族領地很近的西北小鎮。

連克山杜帝國是鄰接著魔族領地的人族國家，也是人族與魔族之戰的最前線。

換句話說，準備前往魔族領地的我們，總算是來到能看見終點的地方了。

當然，我們不可能憨厚老實地越過人族與魔族互相對峙的國境。

在連克山杜帝國的西北方，有一座名叫魔之山脈的險峻山脈。

那座山脈分隔了人族領地與魔族領地，只要越過那座山脈，就能抵達魔族領地。

可是，魔之山脈一如其名，是個非常不好攻破的難關。

光是超高標高都會將各種生命拒於門外了，卻還有魔物無視於這種嚴苛環境在該處棲息。

不但被冰雪覆蓋，又有著超高的標高，所以氣壓很低，空氣也很稀薄。

而且還有適應那種環境的魔物會襲擊過客，難怪那裡容易出人命。

不過，只有對一般人來說是這樣。

由於以魔王為首的我們這群人各方面都不尋常，所以不管是魔之山脈還是什麼地方都能輕易突破……

原本應該是這樣才對。

「小白，妳還好……看來是不好。再忍耐一下喔。旅館就在前面了。」

面對魔王的鼓勵，我只能無力地微微點頭作為回答。

為什麼我會變成這副要死不活的樣子？

答案是因為暈車以及疲勞。

不，我是說真的。

我之所以會變成這樣，都是因為某個事件讓我的實力大幅減弱。

距今兩年多前，在某片荒野發生了古代兵器——一架ＵＦＯ從地下遺跡現身的事件。

對手是直徑以公里為單位的超巨大ＵＦＯ，以及停放在其中的各種兵器。

最後甚至還出現了一旦爆炸就會轟飛整塊大陸的超強炸彈。

面對這些古代兵器，我們好不容易取得了勝利。

我們擊落了ＵＦＯ。

而且也處理掉了炸彈這個最大的難題。

因為我把炸彈吃掉了。

嗯。當時的我真的是腦袋有問題。

吃掉快爆炸的炸彈到底是想怎樣？

可是，難題結果真的被我解決掉了。

雖然之後回想時很想吐槽自己「搞什麼？」，但因為最後還是有成功解決問題，讓我想吐槽也吐不了，內心無比煩悶。

因為被我吃進肚子，炸彈裡的能量都被我吸收掉了。

多虧我在情急之下想起魔王的暴食，並且成功重現那個技能的效果，才能吃光足以轟飛整塊大陸的能量。

然後，因為意想不到的副作用，吸收那股驚人能量的我進化成神，達成神化了。

看來神這種存在的定義，就是體內含有驚人能量的傢伙。

吸收了足以轟飛大陸的炸彈能量的我，完美地符合了這個條件。

萬歲！這下子我就無敵啦！

……想也知道不可能會有那麼好康的事情。

不但如此，事情反而變得更糟糕了。

因為變成神的影響，我收到通知，被支撐著這個世界的系統踢了出去。

掌管只有這個世界才有，而地球沒有的技能與能力值的，就是系統。

要是被那個系統踢出去會怎麼樣？

答案是會失去能力值與技能。

換句話說——

因為我以往的強大都是建立在能力值與技能之上。

如果失去這兩樣東西，我就只是一個能量很多，有著人類外型的某種生物。

因為沒有能力值，現在的我既沒有一拳擊碎巨岩的蠻力，也沒有能承受得住那股反作用力的強韌肉體，更沒有肉眼看不見的移動速度，可說是一無是處。

因為沒有技能，我射不出蜘蛛絲，用不了魔法，連邪眼都無法使用。

我現在什麼都沒有了！

就算空有一身能量，如果不明白用法也是枉然。

而能夠讓能量的用法變得超級簡略的輔助工具，就是技能與能力值。

如果把受到系統支援時的我比喻成騎在有輔助輪的腳踏車上，那現在的我就像是騎在大型重機上。

只是我根本就不會騎重機啊！

雖然車子本身的性能大幅提升了，但如果無法駕馭的話也是毫無意義。

因為這個緣故，現在的我真的與常人無異。

應該說，以平等接受系統恩惠的這個世界的標準來看，我超級弱小。

應該說，就算以地球的標準來看，這副身軀的體力也是差得可笑，弱到不行。

我想起自己還是若葉姬色時的記憶。
那段在學校的體能測驗中遙遙落後所有人的難堪回憶。
我現在的體能似乎就是以當時為基準。
拜此所賜，我柔弱到光是走路也會像這樣突然倒下的地步。
呵、呵呵呵。
曾經一度強到除了魔王與波狄瑪斯之外無人能敵的我，居然會用盡體力，像是要被賣掉的小牛一樣躺在馬車上。
真是可笑。
雖然這一點都不好笑，但我還是要笑。
「啊，小白開始痙攣了。她好像快掛了。」
魔王一邊探頭觀察我的狀況，一邊叫負責駕車的梅拉稍微加快速度。
馬車的前進速度加快，晃動也隨之變得更為激烈。
嘔噗。
好難受。
我咬緊牙關努力忍耐。
然後，有人在我的臉頰上戳了兩下。
是誰？不，其實我早就知道誰會做這種事了。

微微睜開眼睛後，正在用指尖戳我臉頰的果然就是菲兒。

畢竟會做這種事的犯人，如果不是喜歡惡作劇的菲兒，就一定是行動無法預測的莉兒。

我虛弱地推開菲兒的手指。

拜託現在別來煩我。

雖然菲兒因此不再戳我，卻不知為何伸手撫摸我的頭。

不過，與其說是輕撫，感覺起來更像是抓著我的頭轉動。

呃，嗯。雖然我能感受到她的關心，只是力道難道不能再稍微輕一些嗎？

腦袋被她這樣轉來轉去，只會讓我更想吐……嘔！

就在差點從喉嚨深處湧出少女口中不該出現的東西時，制止菲兒的救世主出現了。

那人就是跟菲兒同為人偶蜘蛛，且她們之中地位如同長女的艾兒。

艾兒抓住菲兒的手，讓她停止搖晃我的頭，還順便用手刀敲菲兒的頭。

幹得好，拜託多敲幾下。

反正就算腦袋被敲，人偶蜘蛛的本體也還是躲在體內的小蜘蛛。

因為肉眼可見的幼女軀殼不過是由本體操控的人偶，就算稍微粗暴對待也沒問題。

不過，腦袋被敲的菲兒似乎不明白自己為何挨打。

我彷彿能看到她頭上浮現出問號。

雖然她這副模樣看起來確實像個幼女。

但其實內在可是尋常魔物無法抗衡的怪物。

只要菲兒或艾兒有那個意思，別說是搖晃我的頭了，就算要直接扯下來也易如反掌，實在是太可怕了。

然後，說到跟這兩個傢伙同種族的其他幼女，莎兒正偷瞄我們的互動，坐在自己的座位上動也不動。

因為缺乏自主能力的莎兒很少會主動行動，所以這並不稀奇。

至於另一位，莉兒則是露出不知道在想什麼的表情望著虛空。

她是貓嗎？

難道在那片一無所有的空間中，隱藏著某種常人看不見的東西嗎？

雖然我們一起行動已經有段時間了，但我還是搞不懂莉兒。

然後，雖然不是人偶蜘蛛，但我們這群人中的最後一名幼女——吸血子，正擺出一副事不關己的樣子，坐在自己的座位上眺望窗外的景色。

起初每當我身體狀況欠佳時，吸血子都會為我擔心，但因為我每天都會變成這樣，似乎讓她覺得擔心也是白費力氣，所以不知道從什麼時候開始就再也不管我了。

我好像能夠稍微體會有個青春期女兒的爸爸的心情了。

這種心情實在是難以言喻。

正確來說，我覺得吸血子會變得不想理我，都是因為梅拉率先照顧倒下的我！

梅拉可能是懷著報答我這位恩人的想法做這件事，但就算不是為了這個理由，考慮到梅拉認真的個性，他也沒辦法對身體不舒服的人視而不見。

雖然是因為這個緣故，梅拉才會細心照料身體不舒服的我，但吸血子應該還是會覺得不爽吧。

吸血子應該也明白梅拉不是出於男女之情與我接觸，但看到讓她表現出強烈佔有慾的對象細心照顧其他女人，心裡還是不會覺得好過。

吸血子和梅拉的關係在這兩年裡並沒有太大的變化。

雖然吸血子過了兩年也稍微有所成長，但畢竟還是個幼女。

梅拉不可能把這樣的吸血子當成戀愛對象，一如以往保持著主從關係。

只不過，我覺得吸血子也不是毫無希望。

吸血子在這兩年成長了不少。

雖然還是幼女，但已經感覺得出來以後會是個美女。

就算每個人在嬰兒時期都很可愛，但在成長的過程中，大家的長相就會開始變得不一樣。

雖然像吸血子這樣的幼女還處於每個人都很可愛的年紀，但也已經到了多少能看出未來長相的年紀了。

吸血子已經長成一個五官端正，身上自然散發出氣質的美幼女了。

雖然整體來說長得像是母親，但眼角似乎有父親的影子。

因為吸血子的雙親都是俊男美女，只要她繼續成長下去，肯定會變成一位相當漂亮的美少女。

這麼一來，梅拉或許就會對她感興趣了吧。

不過，要是事情真的變成那樣，個性認真的梅拉可能會覺得自己不該愛上主人，被這種莫名其妙的煩惱纏身吧。

反正那會是很久以後的事情，而且能不能讓梅拉愛上自己也得看吸血子的本事，所以事情會怎麼樣還很難說。

而梅拉現在正忙著駕車。

在這個滿是幼女的團隊中，他是唯一的男性，所以經常得在各種場面挺身而出。

像這樣進到城鎮裡時，無論如何都得經常由梅拉負責出面。

雖然我和人偶蜘蛛們因為外表上的問題，過去經常待在城外，但變成人類模樣的我，已經沒理由繼續躲在城外了。

因為在神化的時候，我就從半人半蜘蛛的女郎蜘蛛變成人類的外型了。

然後，因為讓乍看之下幾乎與人類毫無分別的人偶蜘蛛們待在城外，總覺得對她們有些過意不去，於是就讓她們一起進城了。

事實上，她們至今都還沒被別人識破真實身分，所以應該沒問題吧。

比起人偶蜘蛛們，反倒是我需要多加小心。

雖然我的外表幾乎與人類無異，但只有眼睛與眾不同。
我的眼睛是瞳孔中還有瞳孔的重瞳。
而且一隻眼睛裡一共有五個瞳孔疊在一起，看起來連我自己都覺得相當噁心。
兩隻眼睛加起來一共有十個瞳孔。
數量正好跟我還沒神化之前的女郎蜘蛛狀態時一樣。
奇怪，為什麼我的肉體幾乎都是以若葉姬色為原型，就只有眼睛跟女郎蜘蛛一樣？
這種時候應該體貼一點，把我的眼睛也變得跟普通人一樣吧！
拜此所賜，每當我出現在別人面前時，都得盡量避免讓人看到這雙眼睛。
因此，為了盡量讓人看不清楚，我總是把兜帽壓得很低。
即使如此，有時候還是會不小心被人看到，所以只要來到城鎮裡，我通常都會閉著眼睛。
因為這個緣故，路過城鎮裡的居民，好像都以為我是瞎眼的體弱多病大小姐。
居然以為我是什麼大小姐，這也未免太扯了吧。
糟糕，即使是現在，也無法保證沒人正看著這雙眼睛。
我閉上眼睛並嘆氣。
結果我更加意識到馬車的搖晃，感覺起來更不舒服，但這也是沒辦法的事。
應該說，這輛馬車是專門為我而買，要是我還對此抱怨，可是會遭天譴的。
這輛馬車是為了動不動就倒下的我而買的。

要是不這麼做，我們根本無法好好旅行。

因為我的體力差到就連在平地走一小段路都會倒下。

當然，我也不可能像以前那樣，為了避人耳目而在深山或樹林中前進。

不過，原本必須避人耳目的理由之一，也是因為曾是半人半蜘蛛的女郎蜘蛛，而神化後的我外表變得與常人無異，解決了這個問題，所以這點無傷大雅。

這應該算是因禍得福吧。

因為這個緣故，我們只能沿著像樣的街道前進，魔王才會決定乾脆花點小錢買下馬車。

能夠隨手買下馬車的魔王簡直就是土豪。

看來魔王在當上魔王之前賺了不少，口袋裡多的是錢。

我不清楚馬車的行情，但應該不是能夠說買就買的價格。

話雖如此，這也是必要的經費。

一方面是因為我不堪長途跋涉，但也是為了解決另一個更為重要的問題。

那就是行李問題。

因為旅行中所需要的行李，以往都是用我的空間魔法放進空納之中。

空納是能夠隨時把東西放進異空間，並且隨時取出的魔法。

因為行李是存放在異空間，所以當然不佔空間，也沒有重量。

那是最適合用來搬運行李的魔法。

可是，現在的我無法使用魔法。

而在這個團隊裡，就只有我會使用空間魔法。

換句話說，至今一直利用空納這種方便魔法輕鬆搬運的行李，變得非得由我們親自搬運不可了。

不是我在臭屁，我的魔法能力強得離譜，所以能放進空納裡的行李也相當地多。

一旦必須用人力搬運那些行李，實在教人有些吃不消。

雖然憑魔王和人偶蜘蛛們的能力值應該搬得動，但恐怕得揹著相當巨大的背包才行。

那實在是讓人無法接受，所以魔王才會買下馬車。

順帶一提，被我存放在空納中的那些行李，邱列邱列都幫我們拿出來了。

雖然我不曉得他是利用管理者權限，還是單純用空間魔術硬是打開我的空納，但要是邱列邱列沒有出手幫忙，我們就會淪落到失去所有行李這個悲慘的狀況。

因為空納也是一種魔法，如果沒有供應魔力，就無法維持發動。

要是放著不管，我灌注在空納中的魔力遲早會枯竭，裡面的行李也會一起消失在異空間的夾縫之中。

我得感謝邱列邱列才行。

不過，拿出來的行李多到令我目瞪口呆的地步。

因為我不管拿到什麼東西都往裡面丟，結果行李在不知不覺中變得超級多。

其中有我在旅途中獵到的魔物肉與素材。

還有我和人偶蜘蛛們為了打發時間而製造的大量衣服。

還有整套露營用品，以及多到令人懷疑是不是把整個廚房都塞進去的廚具與調味料。

如果要逐一列舉出來，肯定會沒完沒了。

因為實在不可能把那些行李全都裝到馬車上，所以我只能含著眼淚丟掉一些。

雖然我們買下的馬車已經是最大型的了。

這輛馬車相當大，就算我們所有人都上車也還游刃有餘，而且還有能夠載貨的大空間。

據說這原本就是為了需要長距離移動的商人而設計的馬車。

當然，車身重量也相對地重，負責拉馬車的馬會很辛苦，但這裡可是奇幻世界，所以這個問題不算什麼。

因為負責拉馬車的不是馬，而是竜。

雖然外型跟馬很像，但臉長得跟竜一模一樣。

牠們算是一種地竜，能用來代替馬，在這個世界似乎頗為普及。

由於力量與體力都比馬還要強，而且好歹是竜種，所以戰鬥能力也不差。

不過，牠們的能力值也就只有一百上下，所以也無法太過期待。

即使如此，在一般人眼中，這些傢伙還是很可靠的戰力，以代替馬的生物來說，似乎是最高級的。

雖說只是用來代替馬，但牠們畢竟是地竜。

只要見過亞拉巴就能明白，這些地屬性的竜似乎都是些充滿武士道精神的傢伙。

這些傢伙也不例外，牠們只聽從自己認可的主人的命令。

反過來說，只要是一旦認定為主人的對象，牠們就會一輩子為其效忠。

對了，順帶一提，聽我這麼說應該就能知道，這輛馬車的動力就是兩頭地竜。

這是一輛雙頭馬車。

因為負責拉車的不是馬，而是竜，所以應該叫做竜車吧？

算了，那種小事不重要，因為具備這些特質，這種地竜很受歡迎，但又必須被牠們認可為主人，否則無法駕馭牠們，因此能夠駕馭這種地竜可說是一種地位象徵。

能夠得到牠們認可的主人通常都是騎士，而那些人也能以地竜騎兵的身分活躍於戰場上。

像這樣讓地竜拉馬車的人並不多見。

更何況還是兩頭。

有夠顯眼。

應該說，簡直是超級顯眼。

而且坐在上面的都是女人和小孩，讓這輛馬車更顯眼了。

畢竟我們的成員有一半以上都是幼女，成年男性就只有梅拉一個。

因為這種組合太過奇特，不管我們走到哪裡，都會引來各種臆測。

我只要一進到城鎮，通常都會在旅館裡倒下，所以都是從魔王或梅拉口中得知鎮上的情報。

話說回來，要是再不快點抵達旅館，可能就要大事不妙了。

我說的就是馬車的震動！

那股衝擊正打擊著我的屁股和三半規管啊！

這可不是鬧著玩的。

如果有人覺得馬車的震動沒什麼大不了，可以自己坐一次看看。

那種感覺跟行車在鋪了水泥整過的馬路可不一樣。

雖然有些比較大的馬路可能會鋪平，但這種鄉間小路可沒有做過那種處理。

這裡只有凹凸不平的泥土路。

一旦馬車駛過那種地方，那種震動可不是普通地大。

就連只是坐在車上，身體都會被震飛起來耶。

那已經可以算是一種遊樂設施了。

雖然我玩得一點都不開心就是了！

拜此所賜，以屁股為中心，我全身都在痛，一直上下左右搖來晃去，也讓我覺得想吐。

再加上我的體力又差，整個人都快要掛了。

進入城鎮後，雖然馬車的震動變得沒那麼厲害了。但累積的疲勞、疼痛與反胃感，都讓我難受得要死。

雖然魔王花大錢買下的這輛馬車相當不錯，但我坐起來還是很辛苦。

雖然比起自己走路，坐在馬車肯定更好過，但還是很難受。

我現在最需要的東西，就是一張不會搖晃的床！

要是到了旅館，我一定要好好睡上一覺……

「小白？小白～？旅館到嘍～啊，看來是不行了。她的臉色已經不是蒼白，而是慘白了。小白這名字果真不是叫假的。」

我的臉色不是本來就這麼白嗎？

雖然我現在真的很不舒服。

「梅拉佐菲，又要麻煩你了。」

「遵命。」

魔王對梅拉下達指示，而梅拉也一口答應。

這一瞬間，我似乎感受到從某處傳來的殺氣，但這肯定只是錯覺。

就當作是這樣吧。

我癱軟無力的身體被人輕輕抱起。

雖然我連睜開眼睛確認的力氣都沒有，但梅拉好像是用公主抱將我抱了起來。

每次我倒下時，都是被他這樣抱著，所以早就習慣了。

至於那股不知道從哪裡傳來的殺氣，就當作沒發現吧。

真是的，這也不能怪我吧！

我可是連站都站不起來了耶！

所以只能麻煩梅拉用公主抱把我抱到床上嘛！

畢竟除了梅拉之外，我們這群人幾乎都是幼女。

因為有能力值的輔助，就算是幼女，比外表看上去還要來得有力氣也不無可能。

可是，就算是這樣，一個幼女揹著大人的模樣還是很顯眼嘛。

雖然魔王不至於算是幼女，但體格畢竟比我嬌小。

更何況，我們這群女人和小孩之中明明有個男人，要是那傢伙不負責做這件事，旁人也會用責難的目光看向梅拉吧。

因此，負責搬運我的人必定會是梅拉。

事情就是這樣。吸血子啊，拜託別再對我發出殺氣了！

還是個幼女，不要就這樣變成真正的病嬌啦。

要是我現在睜開眼睛，總覺得會跟表情有些可怕的吸血幼女四目相對，看來繼續閉著眼睛才是正確答案。

不，我這可不是在裝死。

我是真的連要睜開眼睛都很困難。

我就這樣搖來晃去地被抱著移動，在八成是床鋪的地方被放了下來。

喔喔。

不會搖晃。好柔軟。這裡是天堂嗎？

雖然我用柔軟來形容，但這張床好像有點硬，畢竟這是鄉下的旅館，也沒辦法要求更多了。

現在只要能在床上休息，我就覺得很幸福了。

嗯。我已經連一根手指都動不了了。

事情就是這樣，我要直接睡覺了！

大家晚安。

魔物圖鑑

# file.24 騎竜

## LV.01

## status【能力值】

平均攻擊能力：89
平均防御能力：88
平均魔法能力：63
平均抵抗能力：65
平均速度能力：91

HP 120／120

MP 86／86

SP 132／132

132／132

## skill【技能】

「地竜LV1」「閃避LV1」「SP恢復速度LV1」「SP消耗減緩LV1」「大地無效」

體型類似馬的下位地竜。性格溫馴，極少襲擊人類。此外，由於牠們只效忠於實力受其認同的主人，所以是很受歡迎的坐騎。為此，地竜蛋能在市場賣到高價，冒險者在產卵期前往野生地竜的巢穴偷蛋的光景，成為了季節特色。雖然這種魔物平時很溫馴，但一旦開始戰鬥，就會用牠們俊敏的腿奔馳在戰場上，將敵人活活踩死。危險度是D。

# 鬼1　生為小鬼

我從以前就一直很討厭不合公義的事情。

只要閉上眼睛，至今依然能清楚想起那座村子的景色。

那是個非常小的村子，就算是小孩繞一圈也不需要多久時間的程度。

正因為如此，就連非常細節的部分，我都記得一清二楚。

像是對面房子的門有點歪，或是後面房子的牆壁上有著鳥形汙漬。

就連這種無關緊要的事，都變成了珍貴的回憶。

我在這樣的村子裡閒晃，年幼的妹妹拚命跟在我身後。

她一直緊跟在我身後，片刻都不願意離開，這個連話都還不太會說的年幼妹妹，到底是把這麼多體力藏在她嬌小身軀的哪裡。

看到妹妹這麼惹人憐愛的模樣，我當然會對她百般疼愛。

就算這個妹妹不是人類。

她有著綠色的皮膚，皺巴巴的臉總讓人聯想到猴子，圓滾滾的眼睛則是萌點。

那副模樣就跟我前世在虛構作品中看到的，名為哥布林的種族極為酷似。

正確來說，她就是哥布林。

然後，既然妹妹是哥布林，那我自然也是。

雖然不曉得事情為什麼會變成這樣，但我在不知不覺中變成哥布林了。

真的只能用不知不覺來形容。

「前世」雖然連這措詞對不對都不確定，但我有著自己還是名為笹島京也的人類記憶。

而那段記憶就斷在高中的某堂古文課。

我不知道這兩段記憶中間發生了什麼事使我成為哥布林，只覺得莫名其妙。

只不過，我隱約明白這不是夢，以及自己今後只能以哥布林的身分活下去這個事實。

此外，雖然這麼說絕大多數人應該會覺得很莫名，但我其實挺喜歡這種哥布林生活。

這裡沒有日本那種繁雜的街景，只有簡樸狹小的村子。

也沒有複雜的人際關係，因為生活環境嚴峻，所以村民們都很團結。

更重要的，是哥布林非常單純好懂，是一種性情直率的種族。

在我前世的虛構作品中，哥布林經常被描寫成一種實力不強，腦袋也不好的亞人。

這一點並沒有錯。

只不過，我實際感受到的印象就不太一樣了。

村子所在的山脈裡住著許多種強大的魔物，在眾多魔物中哥布林也算是弱小的一群。

可是，即使面對那些強大的魔物，哥布林也能靠著聯手作戰擊敗對手。

雖然哥布林確實有著種族上的弱點，卻也擁有能利用技術與同伴加以彌補的長處。

此外，雖說腦袋不好，但也只是無人識字，一旦牠們開口說話，其實跟普通人差不了多少。

牠們有著完全不會對日常生活造成影響的智商。

看著彷彿跟修行僧一樣早已大徹大悟的牠們，我反而能隱約感受到一種神聖感。

其中有著無法以腦袋不好這種話來揶揄的神聖不可侵犯的崇高感。

實際觀察過哥布林的生活後，我更是對此深有體會。

哥布林的一天是從祈禱開始。

感謝世界，感謝守護世界的女神，感謝每天的食糧。

做過祈禱後，就去做各自的工作。

還沒進化的哥布林專心鍛鍊自己，已經進化成大哥布林的傢伙就負責培育後進。

然後，有足夠實力外出狩獵的狩獵班會離開村子。

村子位在險峻的山脈中，是有嚴苛的自然環境，並棲息許多強大魔物的危險地方。

在外出狩獵的哥布林之中，頂多只有一半能夠平安回來。

即使如此，哥布林的村子也依然能夠延續下去，都是因為哥布林的繁殖能力夠強。

只有這點符合我在前世對哥布林的印象。

大家會迎接平安歸來的哥布林，並且悼念犧牲者。

然後懷著感激的心，對牠們賭命帶回來的食物獻上祈禱。

哥布林是為了養活村子而前往死地。

留在村子裡的人們會把押花送給那些哥布林。

用來代替護身符。

其中蘊含著希望牠們能平安回來的願望。

帶著這樣的願望，牠們踏上賭命的旅程，然後回到村子。

為了讓自己活下去。

也為了讓別人活下去。

一言以蔽之，哥布林過著靠狩獵維生的原始生活。

不過，我前世在日本感受不到活著的意義，卻強烈地反映在這樣的生活之中。

為了生存而戰，為了養活別人而死。

其中沒有正義與邪惡，就只有生命的光輝。

我看著牠們的背影，心中滿懷憧憬。

我總有一天要跟狩獵班一樣，為了村子而戰。

為了養活緊跟在我身後的年幼妹妹。

我曾經是這麼想的……

刀刃刺穿胸前的青年倒在地上，連慘叫聲都發不出來。

白雪接住青年的身體，然後立刻就被染紅。

從出血量來看，青年顯然已經死了。

「可惡！該死的東西！」

另一名男子舉著劍大叫。

男子穿著毛皮鎧甲，裝扮像是個蠻族。

據說冒險者這種人主要是以自己擊敗的魔物的素材來製作武器與防具。

使用魔物素材製作而成的武器與防具，有時會在某種程度上繼承該魔物生前的能力。

雖然毛皮的防禦力看起來很差，但肯定繼承了原本魔物的防禦力吧。

防寒絕對不是唯一的目的。

證據就是那名男子架式十足。

那是習慣戰鬥之人才有的氣勢。

不過，就算是這種人也會犯錯。

心中的焦躁讓他忍不住現身叫罵。

而那在戰場上可是天大的破綻。

「咕哇！」

男子飛了出去。

他勉強用劍成功抵禦了敵人的多次攻擊。

然而，不知道是因為心生動搖挺不住了，還是單純因為對手的力量太強，防禦並沒有太大的意義。

男子完全無法抵銷那股衝擊力，整個人被擊飛出去，背部狠狠撞在附近的樹幹上。

那股衝擊力讓樹木發出清脆的聲音斷裂倒下。

男子口吐鮮血，同時翻滾避開倒向自己的樹木。

倒下的樹木把葉子灑得到處都是，捲起了覆蓋著土壤的雪花。

飄舞的雪花發出光芒，在一瞬間遮蔽了在近處的男子視線。

我穿破那片雪花帷幕，衝了過去。

「唔！」

男子的緊繃神情映入眼簾。

他正準備翻滾起身，身子還沒有打直。

他用一隻手撐著地面，雖然拿著劍的另一隻手可以自由活動，卻因為姿勢的緣故而無法使勁揮舞。

此時此刻，他不可能閃躲，也不可能防禦。

下一瞬間，男子的生命就會被奪走。
他的處境就是惡劣到能讓我如此確信的地步。
但結果並非如此。
我在男子面前停了下來。
箭矢發出銳利的破風聲，從我眼前飛過。
追著那把箭的去向一看，箭矢已經射穿樹木，在樹上開了個大洞。
萬一被箭直接射中，我的身體或許也會被射出個大洞。
真可惜。
要是放箭的時間再晚一點，說不定就一發命中了。
只不過，到時候這名男子恐怕也保不住了吧。
雖然就拯救男子這層意義來說，那是最好的放箭時機，但考慮到整體戰局，那很難說是正確的判斷。
我事不關己地如此想著。
儘管他們的對手就是我。
「魯可索！你快逃！」
眼前的男子一邊起身一邊吶喊。
他剛才就是隨便喊叫才會露出破綻，難道他沒有學習能力嗎？

我才這麼想，箭矢便再次飛來，像是要掩護那名男子。

為了避開這一箭，我不得不拉開跟男子之間的距離。

「魯可索！別管我了，快逃！」

男子對著射箭的另一位青年如此喊叫。

我從男子身上移開視線，看向那位名叫魯可索的弓箭手。

聽到男子的話，站在遠處的魯可索表現出猶豫不決的樣子。

該逃走，還是該留下來與我一戰？

「快走！回去轉告戈頓先生或雷格先生！這傢伙……這傢伙不是普通的巨魔！」

男子的叫喊讓魯可索擺脫了內心的糾葛，轉身就跑。

我注視著他逐漸遠去的背影。

我該怎麼做？

該放過他嗎？還是……

「休想追！」

我因為陷入思考，反應慢了半拍。

劍尖逼近眼前，我歪頭躲過。

可是，男子沒有停止攻擊，犀利的連續攻擊向我襲來。

速度不快。

攻擊也很難說是精準。

即使如此，這種充滿氣魄的賭命攻擊，還是讓我忍不住後退，拉開雙方的距離。

「哈啊！哈啊！」

男子大口喘氣，肩膀上下起伏。

從他的樣子判斷，就知道他是相當勉強自己，才使出剛才那種連續攻擊。

然後，從他喘著大氣的嘴巴裡流出了鮮血。

這證明他剛才撞到樹幹時所受的傷還沒完全恢復。

「哈！雖然我只是個平凡的二流冒險者，起碼死前要帥一下，爭取時間給後輩逃走！放馬過來啊！」

男子鼓足幹勁。

像是要擺脫即將從內心深處湧出的恐懼一樣。

事實上，男子眼中還閃爍著藏不住的恐懼。

舉著劍的手，也因為寒冷之外的理由而顫抖。

我以一副事不關己的態度觀察著這名男子。

他的對手毫無疑問是我，而這副身體也為了殺他而不自主地動了起來。

彷彿心靈與身體都在分別行動。

為什麼事情會變成這樣？

我明明只希望當個哥布林，過著安穩的生活啊……

「喝！」

男子揮劍砍來。

男子的職業是冒險者，是以擊敗魔物為業的人。

這個世界存在著魔物，而那些傢伙是人類的威脅。

冒險者的工作就是與那些魔物戰鬥。

也就是說，正在跟我戰鬥的這名男子，現在正在工作。

因為在人類眼中，我也是個魔物。

這也是理所當然的事。

即使在前世的虛構作品中，哥布林也幾乎都是故事裡扮演敵人的角色。

更何況，現在的我連哥布林都不是。

因為我已經從哥布林進化成巨魔了。

巨魔擁有哥布林所無法比擬的強壯身軀。

對人類冒險者來說，肯定是一發現就想擊倒的對手。

但是……

「這個混帳！」

「你說誰是混帳？」

「什麼！」

也許是沒想到我會說話，男子的反應慢了半拍。

我沒有放過這個機會，用刀刺進男子的胸膛。

「咕！」

「把我們的村子弄成那樣，到底誰才是混帳？甚至讓我做了那件事！」

過去的影像在腦海裡重新浮現。

村裡燃燒的民宅。

到處逃竄的哥布林與追殺牠們的人類。

我拉著妹妹的手逃跑。

敵人追上我們，伸手抓住了我。

然後我聽到了命令。

聽到那個可怕的命令。

「你說……什麼？」

「人類比起魔物混帳多了！」

回想起當時的事情，激烈的情感便從內心深處湧出。

在那股激情的驅策下，我將ＭＰ灌注到刺進男子體內的刀子。

ＭＰ注入的刀子發揮出暗藏的效果，讓刀身發出火焰。

火焰在轉眼間把男子整個吞沒，讓他當場斃命。

糟糕。

我不小心太過激動，一瞬間就殺了他。

我是不是應該多折磨他一會兒再殺？

……不，我怎麼能有這種想法。

這名男子只是碰巧來到這附近的冒險者，與那件事無關。

因為是對方主動襲擊，所以我擊退他也只能算是正當防衛。

不過，過多的折磨是不對的吧。

想到這裡，我自嘲地笑了笑。

根本沒有什麼對不對的問題，早在我殺了他時，就已經算不上是正義了吧。

當我還待在哥布林村的時候，根本不必思考正與邪的問題。

然而……

事情到底為什麼會變成這樣？

魔物圖鑑
file.25

# 哥布林

LV.01～10

status【能力值】

HP
40～80 ／ 40～80

MP
40～80 ／ 40～80

SP
40～80 ／ 40～80

40～80 ／ 40～80

平均攻擊能力：30～60
平均防御能力：30～60
平均魔法能力：30～60
平均抵抗能力：30～60
平均速度能力：30～60

skill
【技能】
依個體有所不同。

體型嬌小的人型魔物。雖然各自的戰鬥能力並不突出，但會跟同伴協同作戰。每個個體所擁有的技能都不同，是最為接近人類的魔物。絕對不會背叛同伴，不管身處何種狀況都會英勇奮戰，讓冒險者在感到畏懼的同時也心存敬意。很重視同伴，一定會讓前往戰場的哥布林帶著花的護身符，祈禱牠們平安歸來。危險度視個體而定，也會隨著群體規模而有所不同。

## 2 我不想出門

大家早。

真是個清爽的早晨，從窗外射進來的陽光何等刺眼。

可恨的太陽……

幸好這間旅館的格局讓陽光照不到床上。

因此，不會發生一起床就被陽光直射的意外，讓我可以放心。

話雖如此，就算不會被直接照到，也不能掉以輕心。

千萬不能輕忽太陽的威力。

因為那傢伙光是存在，就能對我造成極大的影響。

真是個可怕的傢伙。

你問我為什麼這麼害怕陽光？

答案是因為我是白子。

呃……嗯。

拜託大家先不要吐槽。

我也知道事到如今才說這種話很奇怪。
因為全身上下都是白的，眼睛也是紅的，我當然也懷疑過自己是不是白子。
可是，因為身上並沒有出現其他症狀，我還以為自己只有膚色變得跟白子一樣。
不過，神化後我才知道一切都是我的誤會。
我一旦直接照到陽光就會痛。
非常痛。
由於身體無法製造黑色素，白子的皮膚和毛髮都是白色。
因為血管的顏色透出來，所以眼睛是紅色的。
而黑色素具有減輕紫外線傷害的功用，要是沒有黑色素，紫外線造成的傷害就會很嚴重。
一旦直接暴露在陽光下，就會立刻出現曬傷的症狀。
雖然有人可能會覺得曬傷沒什麼大不了的，但其實這可不是個小問題。
因為這會提高皮膚癌的風險，就算沒有這個問題，也還是會很痛。
這個世界可沒有UV防曬乳這種方便的東西，所以這是個相當嚴重的問題。
不過，這個世界還有治療魔法這種方便的東西，可以解決曬傷問題，但還是會讓我感到痛苦難受。
沒錯，這兩年多以來，魔王的治療魔法幫了我好幾次大忙。
照理來說，我行動時必須避免被陽光直射，但是在長途旅行中，免不了會有些意外。

除此之外，我記得白子好像還有視力會變差之類的症狀，但我的視力並沒有那麼差。

雖然當然是比神化前還要差，但應該還有一般人的視力。

難道是因為我有十個瞳孔嗎？

這點我也想不通。

算了，反正比起視力不好，這樣的結果好多了。

然後，神化前之所以沒有出現這些白子的特徵，我想八成是拜能力值所賜。

大概是因為我能力值的防禦力很強，所以才沒有受到紫外線的傷害。

能力值真是太神了。

是不是只要提升能力值，所有問題都能迎刃而解？

雖然我已經失去能力值了！

回來啊，我的能力值！

就算我如此呼喊，能力值也不會回來了。

因此，至今一直靠著能力值抵擋的紫外線，我今後只能與之好好相處了。

我將視線從自窗外射入的陽光移開，並環視整個房間。

然後，我發現一道人影蹲在房間的角落！

雖然嚇了一跳，但仔細一看，我發現對方原來是莎兒。

看來她是為了保護我而留在這裡。

畢竟房裡沒有其他人，房外也沒有任何動靜。
大家應該是只把莎兒留在這裡，都出門去了。
話說回來，那對吸血鬼主僕明明是吸血鬼，居然給我在大白天出去亂跑！
為什麼我會比吸血鬼更害怕陽光啊！
錯就錯在那些傢伙的能力值太強了！
把那些能力值給我！
太可惡了！
算了，就算對吸血鬼主僕感到憤慨也無濟於事。
畢竟吸血子與梅拉也不是平白得到那些能力值。
他們原本只是嬰兒與平凡的隨從，卻在這趟旅行中鍛鍊自己，得到了現在的實力。
失去鑑定技能的我，並不知道吸血子和梅拉現在的實力。
不過，據魔王所說，他們的實力正順利地成長。
他們好像養成鍛鍊自己的習慣了。
雖然是我把他們教成這樣，但我這個教官明明因為神化而顧不了別人，他們還能繼續堅持鍛鍊，實在是太厲害了。
他們是巴夫洛夫的狗嗎？（註：心理學家的知名實驗，實驗者透過訓練成功控制了狗的本能反應）
還是某個戰鬥民族？

我不是不明白梅拉如此鍛鍊自己的理由。
梅拉有著沒能成功保護吸血子雙親的過去。
我很清楚那種因為對自己的無力感到懊悔，因而追求強悍實力的心態。
當我的巢穴被人燒燬，只能夾著尾巴逃跑時，我也是懊悔得要死。
梅拉也跟我一樣，但他還經歷了失去重要親人的悲傷，所以肯定比我更加懊悔。
為了下次一定要保護好重要之人，他才會主動鍛鍊自己吧。
可是，他要保護的對象強得跟怪物一樣……嗯，還是假裝沒看到吧……
該怎麼說呢？
吸血子啊。
她最近的進步幅度好像不太正常。
說到吸血子最近的訓練內容，居然是跟艾兒做對打練習。
光是這點就讓人想喊暫停了。
因為不同於那種幼女般的外表，艾兒可是能力值破萬的超級魔物。
別說是一座城鎮了，那傢伙說不定有能力獨自毀滅一個國家，可說是活生生的天災。
吸血子居然能跟那種怪物做對打練習。
奇怪。這絕對很奇怪。
艾兒當然沒有全力以赴。

要是艾兒拿出全力，恐怕只有上位龍種有能力與她一戰。
可是，有能力跟這樣的艾兒做對打練習還是很可怕。
畢竟她們的對打練習超級激烈，那程度激烈到不能在會被人看到的地方對打。
有時候我發現她們兩人突然從馬車上消失，就會聽到一陣陣巨響從遠方傳來。
那些聲響就跟某部漫畫一樣誇張。
既然有辦法打得那麼激烈，也難怪得由艾兒陪她對打。
尋常的野生魔物恐怕已經不是她的對手了吧？
真是個可怕的幼女。
順帶一提，除了艾兒以外的人偶蜘蛛都不會陪她對打。
為什麼？
因為其他人偶蜘蛛根本不會手下留情。
莎兒：搞不好會不小心殺掉吸血子，怕怕的。
莉兒：搞不好會不小心殺掉吸血子，怕怕的。
菲兒：搞不好會不小心殺掉吸血子，怕怕的。
嗯，用消去法來看，只能由艾兒來陪她對打了。
除了艾兒之外，我只能看到吸血子被不小心殺掉的未來。
而其中一個可能會失手殺掉吸血子的傢伙——莎兒，正蹲在房間的角落偷偷看著我。

莎兒如果沒有接到指示，幾乎不會主動行動。

她這種缺乏自主性的個性，偶爾會惹得別人不高興，但反過來說，凡是交代給她的事情，她都會忠實地去做。

正因為如此，她經常像這樣負責留守。

因為只要沒發生緊急情況，她都只需要待在原地就行了。

只不過，一旦發生緊急情況，她就會變得非常不可靠。

希望莎兒擁有充滿彈性的臨機應變能力，是不切實際的期待。

我覺得她應該姑且具備身為一個保鑣的基本判斷能力，但她畢竟是那個莎兒嘛。

雖然她應該不會像莉兒那樣做出讓人意想不到的行動，但我會感到不安也是沒辦法的事。

即使如此，她的戰鬥能力可是跟艾兒不相上下。

她那就是那種就算能力很強也不見得有用的典型例子。

我一邊想著這些失禮的事情，並從床上緩緩起身。

睜開眼睛後，我在被窩裡掙扎了大約五分鐘吧。

以前多虧有思考超加速這個技能，就算我胡思亂想，實際經過的時間也只有一瞬間，但現在就沒有那種事了。

想得越久，時間就會過得越久。

換句話說，當我對莎兒懷著既沒有意義又失禮的感想時，莎兒本人一直躲在房間的角落不知所措。

就某種意義上來說，這傢伙也很厲害。

換作是菲兒的話，肯定會等不下去，立刻往我這邊衝過來。

就這點來說，莎兒或許算是適合這種工作吧。

畢竟平常只需要乖乖待在旁邊就好了。

雖然莉兒也有辦法乖乖待在旁邊，但那傢伙很可能會就這樣動也不動，把本來的護衛工作忘得一乾二淨，教人怕怕的。

這就是所謂的適才適所吧。

不過，莎兒會經常被分配到留守的工作，其實還有另一個理由。

因為那隻用長長的袖子藏起來的左手，跟身上其他部位不一樣，一看就知道是人偶的手。

經過我的魔改造，人偶蜘蛛們所使用的人偶在外表上幾乎跟人類沒有兩樣。

不光是外表，就連皮膚的質感都能完整重現，就算用手去摸，也沒辦法輕易看穿。

但在兩年前的UFO事件時，菲兒的左手被敵方的戰車破壞掉了。

然後，我因為神化而變得無法製造蜘蛛絲，以蜘蛛絲為材料製成的人偶，當然也就變得無法製造了。

我還以為如果是同樣擁有神織絲這個技能的魔王，或許有辦法重現那種技術，但看來我做的事情似乎相當誇張，連魔王都表示「不要，根本不可能」只能舉手投降。

雖然魔王姑且還是努力過了。

可惜還是沒能重現人類肌膚的質感。

因為這個緣故，莎兒的左手目前還沒完全修好，雖然功能沒有問題，卻會招來狐疑的目光。

跟我的眼睛一樣，在最糟糕的情況下，要是被別人看到那隻手，說不定會被人發現是魔物。

因此，她經常跟我一起躲在屋內。

我在房間裡的梳妝檯前面站好。

回過頭向莎兒招手。

莎兒畏畏縮縮地走過來，我用手勢示意她幫我整理服儀。

不光是莎兒，人偶蜘蛛們好像都喜歡幫我打扮，所以我經常像這樣麻煩她們。

哼，主動當幼女玩具的自己真是太成熟了。

我絕對不是因為懶得自己動手才這麼做。

我說沒有就是沒有。

莎兒從行李中挑了衣服拿過來。

她拿的是一件頗為暴露的短袖迷你連身裙。

莎兒意外地喜歡讓我穿大膽的衣服。

就只有這種時候，這傢伙才會發揮出她的自主性。

因為是人偶，她明明應該不會呼吸才對，我卻彷彿能聽見她興奮喘氣的聲音。

不過，反正我還會披著長袍，所以穿什麼都沒差。

看破一切的我任憑幼女替我更衣，還順便讓她幫我在皮膚上塗抹具有防曬效果的化妝水。

雖然效果比不上日本的產品，但總比沒有要好。

這個世界的人對美容並不是很在意，更正確的說法是拜能力值所賜，他們不太需要在意曬傷之類的問題，所以這類美容產品也沒什麼發展。

更何況，尋常市民光是要求個三餐溫飽就已經拚盡全力，只有富人會購買這種奢侈品。

因為這個緣故，只要是化妝品都很貴。

對魔王的錢包造成不小的負擔。

可是，我也是逼不得已的！

我不是為了美白而讓她破費，而是沒有這東西真的不行！

當我忙著暗自替自己找藉口時，因為衣服換好了，我便坐在梳妝檯前面的椅子上。

莎兒看起來有些開心地幫我梳著頭髮。

因為我的頭髮沒有亂翹，柔順得不得了，所以她只梳了幾下，就開始跟往常一樣幫我編成麻花辮。

雖然我很害怕被陽光直射，但頭髮不可思議地不會因此受損。

不過，這也是因為我外出時都會戴著兜帽，避免被陽光直接照到。

即使如此，這頭長髮還能保持得如此柔順，也只能用不可思議來形容。

該不會是我在無意識中用了神之力，讓頭髮保持最佳狀態吧？

嗯～我很難斷言絕對沒有。

不過，比起一頭雜草，這頭秀髮絕對是好多了。

既然有辦法把力量用在這種地方，難道就不能用在其他地方嗎？我不由得如此想著。

因為這兩年來，失去力量這件事讓我吃了不少苦頭。

每次遇到那種情況，我都會想到要是我能用力量就好了。

我一邊讓莎兒幫我整理頭髮，一邊集中精神。

在腦海中想像著蜘蛛絲。

白色、纖細、強韌的蜘蛛絲。

想像著蜘蛛絲從指尖射出的畫面。

可是，不管我如何想像，指尖都沒有射出蜘蛛絲。

同樣地，就算我想像著發動黑暗魔法的畫面，就算我眼睛使力試著發動邪眼，也什麼事都沒發生。

就在我進行各種嘗試的過程中，莎兒在不知不覺間幫我綁好麻花辮了。

往鏡子裡一看，我已經被打扮得漂漂亮亮了。

雖然早就知道結果會是這樣，但今天還是毫無收穫。

這兩年來，我一直想找回原本的實力，不斷進行各種嘗試。

像是為了感受魔力流動而練習冥想，或是為了鍛鍊體力而做重量訓練。

但這些嘗試全是白費力氣。

所謂的技能與能力值，是系統強制讓這個世界的居民行使魔術，藉以引發出其力量的東西。

換句話說，所謂的系統，就是用來讓人正確使用力量的輔助裝置。

而現在的我失去了這樣的輔助。

所以才無法使用力量。

不過，系統只是輔助。

頂多就只是輔助工具，真正使用力量的還是我們本身。

照道理來說，即使失去了輔助，應該也還是能使用力量才對。

事實上，邱列邱列也保證過，只要學會用法，我還是能使出跟過去一樣，甚至更強大的力量。

可是，我就是搞不懂他口中的用法啊！

這就跟叫日本男生發出○派氣功沒兩樣嘛！

根本不可能發得出去吧！

到底要怎麼發出去啊！

要是發得出去我早就發了！

唉。我真的搞不懂用法。

對於力量的用法，現在的我可說是連基礎中的基礎都不懂。

感覺就像是連起跑線都還沒踏上。

我在神化前經常使用技能，以為自己隱約能夠抓住那種感覺。

因此，我樂觀地以為自己很快就能搞懂力量的用法，可是都過兩年了。

這讓我有點急了。

我擔心自己會不會就這樣一直搞不懂力量的用法，一直當個弱者。

雖然我覺得應該不會那麼慘，但畢竟普通人基本上連力量都不會有。

因為這個世界存在著系統這種東西，才能透過技能施展超能力，但是在地球上，超能力者都是些可疑的傢伙。

沒有力量才正常。

我說不定也變成那樣了。

話雖如此，但我體內確實隱藏著強大的力量。

我只是不曉得該如何運用那股力量罷了。

只要有個契機讓我搞懂用法，應該就會出現一絲希望。

我把差點吐出的嘆息吞回肚子，站了起來。

從行李中拿出常穿的俗氣長袍，穿了上去。

雖然莎兒好不容易才把我打扮得漂漂亮亮，但我想盡量避免露出肌膚，而且為了隱藏這雙眼睛，我也必須把兜帽壓得很低。

不過，其實我還有其他不想露臉的理由。

因此，我用兜帽遮住臉，接著走出房間。

莎兒從後面跟了過來。

我們目前住的這間旅館一共有三樓，而我們的房間位在二樓。

由於餐廳應該在一樓，所以我打算去享用遲來的早餐。

懷著這種想法走下樓梯踏進餐廳後，我發現餐廳裡居然還有先來的客人，都這麼晚了。

兩名男子在這種時間就開始喝酒聊天了。

從穿著打扮看來，他們應該是冒險者。

即使心中隱約有種不好的預感，但我還是忍受不住空腹的痛苦，下定決心走向前方。

兩名冒險者看向走進餐廳的我和莎兒，露出狐疑的表情。

我想也是，看到有個明明在屋內還把全身包得緊緊的可疑人物走進來，任何人都會露出那種表情。

我試著不去在意那些冒險者，準備從他們身旁走過去。

雖然我想盡量避開他們，但他們偏偏就坐在離餐廳入口最近的桌子旁邊。

讓我想躲都躲不掉。

就在我正要從他們身旁走過去的瞬間——

「哎呀！」

其中一名男子故意假裝站不穩，硬是摘下我的兜帽。

我看到兩名男子臉上的奸笑。

這兩個傢伙居然敢搞我！

我趕緊閉上眼睛，就只有被人看到這雙眼睛這件事，無論如何都得避免。

可是，一旦閉上眼睛，當然就什麼都看不到了。

我無從得知這兩名男子接下來會做什麼。

「哇！是個大美女耶！」

酒臭味從比想像中還要近的地方撲了過來。

就在我愣住的下一瞬間，脖子附近突然感到一陣衝擊。

力道並沒有很強，看來男子似乎伸手搭住了我的肩膀。我在看不見的狀況下如此判斷。

這群醉鬼！

就是因為這樣，我才討厭露出長相！

雖然自己說好像有點厚臉皮，但我是個美女。

而且由於膚色與髮色異於常人，讓我更加引人矚目。

所以我才會盡量避免露出長相。

然而，這群醉鬼光是摘下兜帽還不滿足，還繼續對我糾纏不清！

到此為止都還在我能忍受的範圍。

正確來說，其實只是事情發生得太突然，我的腦袋一時之間追不上。

不過，接下來的衝擊讓我的意識飛到了九霄雲外。

「喔？這傢伙比看起來還要有料喔。」

啊？

嗯？

咦？

我感到男子的手在我身上揉了兩下。

至於案發地點，則是我的胸部。

我　被　襲　胸　啦！

居然沒有當場昏倒，我真想稱讚自己的意志力。

正確來說，要是這件事再晚一點發生，我可能就昏過去了。

「嗯？小鬼，妳有意見嗎？」

當我聽到醉漢說出這句話時——

糟糕！

意識到大事不妙後，我把手伸向莎兒。

因為閉著眼睛，我只能憑直覺伸出手，幸好有成功抓住莎兒小小的肩膀。

透過手掌的感觸，我知道莎兒停住不動了。

呼，真是好險。

要是再晚一步阻止，慘劇就要發生了。

莎兒不會主動採取行動。

不過，只要是事先交代過的指示，她都會乖乖照做。

而這種時候莎兒會採取的行動就只有一種。

那就是殲滅敵人。

雖然把普通的醉漢形容成敵人好像有些奇怪，但莎兒不可能有辦法做出那樣的判斷。

莎兒不會想太多，不管前來找麻煩的對手是誰，都會當成敵人處理掉。

如果在場的是艾兒，應該能夠和平地趕走那些醉漢，但莎兒的手段可沒有那麼高明。

因為她只會照著事先給予的指示行動，所以遇到這種情況就得小心握緊韁繩。

雖然我非常不服氣，但性騷擾就要人家賠上一條命，也未免太過嚴苛了吧。

為什麼我非得出手拯救這些對我性騷擾的醉鬼不可？

太沒天理了。

……仔細想想，我根本沒必要保護這些傢伙吧？

像這種一大早就在喝酒，到處騷擾女性的廢物，乾脆讓他們死一死不是比較好嗎？

「喂！你們在做什麼？」

當我腦海中浮現出這種危險的想法，開始認真考慮解放莎兒的下一瞬間，從餐廳深處傳來的怒罵聲響徹屋內。

我不禁微微睜開眼睛看向聲音的主人，結果看到一位體格魁梧的大嬸，從餐廳裡面慢慢走了出來。

比起這兩位體格不錯的冒險者，她的體格更為魁梧。

尤其是寬度。

「你們要是給其他客人添麻煩，就立刻給我滾出去！」

「啊，呃，真對不起。」

面對大嬸的魄力，兩位冒險者似乎一口氣酒醒了。

「跟我道歉做什麼！要道歉就跟那女孩道歉吧！」

「遵、遵命！真的很對不起！」

大嬸好強！

兩位冒險者對我低頭道歉後，就急急忙忙地離開餐廳了。

「真是的，就是因為這樣，冒險者才會惹人厭。」

大嬸傻眼地嘆了口氣。

「兩位小姐，真是不好意思。」

雖然大嬸向我們道歉，但那並不是大嬸的錯，我們反倒該感謝她出手解圍才對。

總之，我只能用肢體語言要她別太在意。

「不過，也不是所有冒險者都是那種無賴。因為妳很漂亮，所以要多加小心才行。」

是的。所以我才會為了不引人注意，戴著兜帽躲在旅館裡面。

不過，我也覺得在屋內戴上兜帽好像反而引人矚目。

「尤其是目前有許多外來的冒險者也來到這座城鎮。其中說不定混進了奇怪的傢伙，妳一定要多加注意才行。」

嗯？

為什麼會有外來的冒險者？

說到這個世界的冒險者，通常都會常駐在某座城鎮。

因為冒險者的主要工作是擊敗魔物。

由於得要有人定期消滅城鎮附近的魔物，所以只要沒有什麼重要的事情，冒險者都不會遠離城鎮。

而冒險者為什麼會聚集到這座城鎮呢？

「聽說這座城鎮附近出現了巨魔。而且有好幾名冒險者都被牠擊敗了。所以才會從附近的城鎮和村子召集冒險者過來。真是可怕。」

嗯～

巨魔啊。

既然牠有辦法擊敗好幾名冒險者，那實力應該相當強吧。

在這個世界的魔物中，也能找到一些在地球的虛構作品中出現過的魔物。

牠們肯定是某位邪神半開玩笑創造出來的吧。

雖然我不曾親眼見過巨魔，但那似乎是一種隨處可見的主流魔物。

然後，既然那種魔物隨處可見，就代表那是人類也能對付的魔物。

換句話說，本來應該沒有很強的魔物，卻有能力反過來擊敗冒險者，就表示在此地出沒的巨魔可能比較特別。

雖然我也沒資格說別人，但魔物這種生物好像偶爾就會出現莫名強大的個體，這次肯定也是這種情況。

話雖如此，對我們這群人來說，巨魔只能算是小嘍囉罷了。

不管那傢伙有多強，也敵不過能力值破萬的人偶蜘蛛們，就算那傢伙的實力比她們更強，我們這邊還有魔王這個最強戰力。

這根本不是需要在意的事情。

「來！妳是來吃飯的吧？為了向妳賠罪，我就算妳便宜點吧！」

好耶！

比起巨魔，這件事令我在意多了！

# 閒話　某位冒險者的惡鬼討伐行動

「各位，很高興見到你們！」

在公會的一樓，公會長的嘶啞嗓音響徹屋內。

從附近聚集而來的冒險者把公會大廳擠得水洩不通。

他們都是前來參加這場巨魔討伐行動的冒險者。

多虧菜鳥冒險者魯可索九死一生逃了回來，才讓那隻巨魔的危險性廣為人知。

我們鎮上的公會長立刻採取行動。

他向附近的公會求助，召集了許多冒險者。

誘餌則是巨魔所持有的魔劍。

即使是冒險者，也很難有機會得到魔劍。

而會長宣稱要把魔劍送給對討伐巨魔有所貢獻的冒險者。

拜此所賜，聽到傳聞的冒險者全都跑來這座城鎮了。

不過，其實我也是受到魔劍的魅力吸引，才會跑來參加這場行動。

「嗨，戈頓，從沒看你的表情這麼認真過。你會這麼認真，應該是為了那個吧？你想幫死掉

的傢伙們報仇對吧？」

這個毫不客氣地搭住我的肩膀的傢伙，是跟我同為A級冒險者的雷格。

他跟我都是這個鎮上的高級冒險者。

「少在那邊亂說。我會參加是因為想得到魔劍。報仇這種事一點都不適合我。」

「少來了。」

我一邊粗魯地揮開雷格的手一邊否認，但這傢伙一點都不相信我說的話。

「小子們！我這邊有個特別委託！」

正當我想向雷格抱怨幾句時，卻被公會長的吆喝聲打斷了。

「就跟你們知道的一樣，這次的對手是巨魔的特異個體！不但能力值比尋常巨魔還要強，還擁有未知技能，在技能上也強過一般巨魔！」

平時都是些粗人的冒險者們默默聽著公會長的話。

連我都不好意思在這時出聲，只好乖乖閉上嘴巴。

「那傢伙主要有三個特徵！」

那是先遣隊倖存的少數冒險者帶回來的情報。

「第一，是異常的恢復能力！對方有著無法用現存技能來解釋的特殊恢復手段！據說牠身體突然發光後，身上的傷就會在下一瞬間完全消失！而且甚至連MP和SP都會恢復！雖然有些隊伍成功地將巨魔逼入絕境，最後卻敗給了這種恢復能力！」

公會長的話語在冒險者間引起一陣騷動。

在此之中，我看到一名青年緊咬下唇。

他是名叫魯可索的有為新手。

魯可索是先遣隊的倖存者。

然後，為了幫捨命讓他逃跑的同伴報仇，魯可索治好身上的傷，參加了這次的討伐任務。

魯可索的同伴都是我也認識的人。

「第二！戰鬥能力會急速上升！雖然效果跟氣鬪法很相似，但兩者明顯不一樣！雖然發動時間並不長，但發動時能力值會暴增！因為外觀上不會有變化，大家就靠直覺去應對吧！」

雖然這種對策相當隨便，但冒險者的戰鬥方式就是這樣。

臨機應變。

這才是冒險者該有的基本功，也是冒險者的看家本領。

「第三！那隻巨魔拿著魔劍！而且還是兩把！」

聽到公會長這句話，冒險者之間再次引起一陣騷動。

每個傢伙的眼睛都亮了起來。

畢竟在場的絕大多數人都是為此而來，會有這種反應其實不難理解。

「大家安靜！目前已知的魔劍能力是火與雷！我會遵守約定，把那兩把魔劍送給對討伐任務最有貢獻的兩個人！」

現場一陣歡呼。
因為對冒險者來說，魔劍是一種憧憬。
在公會長的鼓舞下，小子們出發前去討伐巨魔了。
「很好！小子們，大家出發吧！」
他們人數眾多。
而且都是有能力挑戰魔劍的經驗老道冒險者。
就算那隻巨魔再強，面對這麼多的好手，應該也無力反抗了吧。
「好！戈頓，我們來比看看誰能拿到魔劍吧！」
「來啊。魔劍我要定了。」
跟戈頓互相虧了幾句後，我們也出發前去討伐巨魔。
主要目的還是得到魔劍。
但我會順便幫敗給巨魔的傢伙們報仇雪恨。

「真的假的？」
我們明明是意氣風發地出發，但現在到底是怎麼回事？
冒險者們四處逃竄。
腳底下突然爆炸，炸飛了不知名冒險者的下半身。

就連沒被炸飛下半身的冒險者，也被飛過來的劍貫穿身體，或是被飛過來的劍引起的爆炸轟飛。

為什麼那些劍會爆炸？

到處都上演著同樣的光景。

「喂，這我可沒聽說過啊！」

不是說對方只有兩把魔劍嗎？

我根本沒聽說還有什麼會爆炸的魔劍。

而且數量居然還有這麼多，這到底有誰想得到？

那隻親手打造出這個人間地獄的巨魔，正躲在森林深處，接連拔出插在地上的魔劍，往我們這邊丟了過來。

每當那種劍被丟出去，現場就會發出爆炸巨響，削減冒險者的人數。

這是蹂躪。

單方面的蹂躪。

「啊啊啊啊啊！」

我聽到一聲怒吼，將視線移過去一看，發現魯可索正準備射箭。

「喂，笨蛋！」

我忍不住怒罵一聲。

一看就知道那不是魯可索打得贏的對手。
魯可索的弓看起來就不管用。
更何況，他明明正準備攻擊敵人，卻還亂吼亂叫警告對方，根本就是下下策！
魯可索放箭了。
但是，箭果然被輕鬆躲過了。
巨魔從地上拔出劍，朝向魯可索丟了過去作為回禮。
「啐！」
我咂嘴一聲，同時衝到魯可索與飛過來的劍之間。
然後用自己的劍擋住飛過來的劍。
「嗚！」
擋下的劍當場爆炸。
好痛！
我整個人被炸飛出去。
可惡！
果然就算擋住也會爆炸！
手呢？還在。
雖然渾身是血，但我勉強活了下來。

「嗚，咕……」

但就算我沒事，在一旁被爆炸餘波波及的魯可索可沒那麼幸運。

畢竟魯可索的能力值比我差，受到的傷害似乎也比直接中招的我還要大。

「你沒事吧？」

想也知道不可能沒事。話才剛說完，我就想吐槽自己。

不管是誰來看，都不會覺得倒在地上的魯可索沒事。

要是不趕快接受治療，他就會死。

「該死！」

但巨魔再次高高舉起劍，阻止我救人。

要是牠再次把那種會爆炸的劍丟過來，就算我挺得住，魯可索也沒辦法！

「喔喔喔喔喔！」

但丟過來的劍沒能射中我們，被別人擋住了。

「雷格！」

「戈頓！你快帶著魯可索逃走！」

雷格跟我一樣擋住那種會爆炸的劍，在被炸得遍體鱗傷的同時如此大喊。

「我來爭取時間！快走！」

「雷格！你別衝動啊！」

我還來不及阻止，雷格就衝向巨魔了。

劍再次飛向雷格，雷格的身影也隨著爆炎消失無蹤。

「雷格！」

我放聲吶喊，並扶著魯可索退向後方。

當我回頭看最後一眼時，卻看到被巨魔的劍斬斷脖子的雷格。

「可惡！可惡啊！」

這一天，我們完全輸了。

魔物圖鑑

# file.26

# 巨魔王

## status【能力值】

HP
658／658

MP
1127／1127

SP
656／556

657／557

平均攻擊能力：640
平均防御能力：638
平均魔法能力：975
平均抵抗能力：986
平均速度能力：631

# LV.01

## skill【技能】

「HP自動恢復LV9」「MP高速恢復LV3」「MP消耗大減緩LV3」「魔力感知LV10」「魔力操作LV7」「魔鬪法LV2」「魔力附加LV6」「魔力擊LV1」「SP恢復速度LV2」「SP消耗減緩LV2」「鬪神法LV10」「氣力附加LV1」「氣力擊LV1」「劍的才能LV1」「斬擊強化LV3」「貫通強化LV1」「火強化LV1」「雷強化LV1」「外道攻擊LV1」「火攻擊LV1」「雷攻擊LV1」「投擲LV3」「集中LV10」「思考加速LV1」「預測LV1」「平行思考LV1」「演算處理LV1」「記憶LV2」「命中LV4」「閃避LV4」「壓迫LV7」「鑑定LV1」「氣息感知LV1」「鬪魔」「詛咒LV8」「火魔法LV5」「雷魔法LV5」「治療魔法LV3」「外道魔法LV6」「魔王LV1」「矜持LV1」「憤怒」「祈禱LV3」「破壞抗性LV1」「斬擊抗性LV1」「打擊抗性LV1」「貫通抗性LV1」「衝擊抗性LV1」「火抗性LV1」「冰抗性LV2」「風抗性LV1」「雷抗性LV1」「異常狀態抗性LV1」「暈眩抗性LV1」「恐懼抗性LV3」「外道抗性LV5」「疼痛抗性LV8」「千里眼LV2」「五感強化LV1」「神性領域擴大LV1」「身命LV1」「魔藏LV1」「爆發LV1」「持久LV1」「強力LV3」「堅固LV3」「道士LV1」「護符LV1」「疾走LV1」「禁忌LV6」「命名LV7」「幻想武器鍊成LV10」「n%I=W」

出現於帝國西北方的特異巨魔。俗稱劍魔。擁有前無古人的魔劍製造技能，單槍匹馬就能擊敗好幾名冒險者，造成巨大的傷亡。雖然巨魔的壯碩身軀與揮舞魔劍的近戰方式容易招人誤解，但由於製造魔劍需要消耗大量MP，所以其魔法系能力值反倒較為優秀。此外，由於其主要對手都是經驗值比魔物更多的人類，所以有別於等級與能力值，其技能的成長幅度並不大。根據帝國後來的看法，其危險度是A。

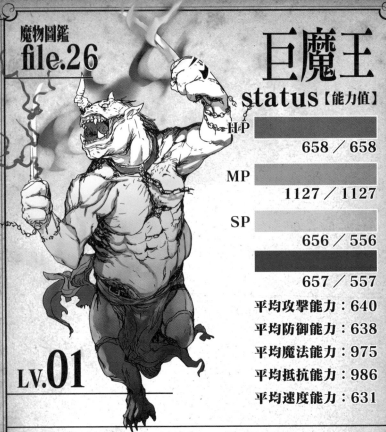

# 鬼2　鬼的魔劍

我到底為何而做？到底做過什麼？

就算要我用一句話概括自己前世的人生，我也沒辦法馬上想到答案。
我想任何人應該都是這樣吧？
雖然以世俗標準來看，我算是相當年輕就結束了自己的一生，但我覺得這一生也沒有短到用一句話就能說完。
只不過，如果問我那是不是一段好的人生，我恐怕沒辦法說是。
「京也的個性太一板一眼了。我覺得你這樣會很吃虧。」
對我說出這句話的人，是我高中的一位朋友——俊。
我上高中後交到的這位朋友，偶爾會說出一些鞭辟入裡的話。
真要說的話，我的另一位朋友——叶多，明明平時比較懂得察顏觀色，但我覺得俊在無意識中看透事物本質的能力反倒更為出色。

雖然我上高中後已經收斂本性，過得相當安分了……

上高中以前，我過著相當墮落的生活。

最早的契機是幼稚園時代發生的某件事。

年長的孩子們想要霸佔遊具，我出面阻止，一個人跟他們打了起來。

因為明明一開始是我們在玩，晚來的他們卻想要趕走我們。

我拚命抵抗，弄哭了年長的男孩子。

結果是幼稚園的大姊姊出面制止，才讓我們停止打架。

我當然被罵了一頓。

我做了對的事情為什麼要挨罵？

當時的我無法理解這一點。

現在的我就能理解了，因為我跟人家打架，讓那些跟我一起玩的孩子們也受到波及，他們因此受了傷。

有些孩子還哭了。

錯的是那些比較晚來，卻想要搶走遊具的年長孩子。

這點是錯不了的。

可是，那我跟那些孩子打架這件事是對的嗎？

關於這個問題，我至今依然沒有答案。

只不過，這時的我隱約明白到，做對的事情並不見得等於絕對的正義。
不過，當時的我還只是隱約明白這個道理。
在那之後，我每次遇到事情總會伸張自己的正義。
透過揮舞自己的拳頭。
國小時阻止霸凌。
國中時修理勒索別人的傢伙。
如果要逐一列舉的話，這種例子可說是多不勝數。
我越是做自己認為對的事情，旁人就越是對我敬而遠之。
同伴減少了，就只有敵人不斷增加。
當我國中畢業時，已經得到「小鬼」這樣的外號，受到當地居民畏懼。
我想是因為我長得不高，才會得到這樣的外號。
我明明只是做自己認為對的事情，但身邊的人卻不認同。
他們反倒覺得我是壞人。
因此，我選擇就讀稍微遠離家鄉的高中，安分守已地過日子。
然後，我得到了令人發笑的安穩生活。
只要對許多事情視而不見，假裝一無所知，我就能過著普通高中生的生活。
只不過，我偶爾會突然這麼想——

這樣真的好嗎？

跟朋友一起玩電玩，為考試煩惱，思考未來的出路。

在過著這種普通高中生生活的同時，心中也有種鬱悶的感受一直在累積。

也許就跟俊說的一樣，我這人太過一板一眼，註定要吃虧吧。

所謂的正義到底是什麼？

我到底該怎麼做才是對的？

事到如今，我才知道就連那樣的煩惱也是一種奢侈。

擊敗所有冒險者後，我這才鬆了口氣。

同時變得全身無力。

在連自己都沒發現的時候，我好像累積了不少疲勞。

不同於前世的打架，全力以赴的生死之戰果然伴隨著巨大的心理壓力。

從那股壓力解放的瞬間，甚至會讓人像這樣脫力地癱坐在地上。

癱坐在地的同時，我深深地呼了口氣。

周圍飄散著不同於硝煙的燒焦臭味。

以及鮮血的鐵鏽味。

環視周圍，到處都躺著冒險者們的屍體。

地上有著爆炸造成的坑洞，說明了戰鬥的激烈程度。

手邊的魔劍都用盡了。

又得重新製造才行了。

武器錬成——

那是我特有的技能。

似乎是從我出生便擁有的技能，有能夠消耗ＭＰ製造武器的效果。

此外，如果灌注更多ＭＰ，還能讓製造出來的武器得到特殊效果。

透過這個技能製造出來的武器，便是有著特殊效果的魔劍。

我最早發現這個技能，是在哥布林村裡用餐的時候。

哥布林村裡沒有刀叉，基本上都是用手抓著東西吃。

那是我們把狩獵取得的肉擺上餐桌時發生的事。

因為肉實在太硬，我暗自希望能夠有把小刀。

狹小的屋子裡發出一陣白光，下一瞬間我手上就握著小刀了。

雖然那把小刀遠比我想像中的還要破爛，但確實是把小刀。

憑空出現了一把小刀。

透過村長拿來的村子裡唯一一顆鑑定石，我們搞懂了這種不可思議現象的原因。

根據鑑定的結果，我們得知我擁有武器錬成這個技能。

明白這個事實後，我的生活稍微出現了一點變化。
只要ＭＰ還有剩，我就會用武器鍊成製造武器。
就算微不足道，我也想為村子做出貢獻。
可惜的是我當時的ＭＰ並不多，頂多只能製造出破爛的小刀。
而且光是製造一把就會耗盡ＭＰ，然後在ＭＰ恢復之前都只能休息。
即使如此，以往只能用手抓著吃的食物變得能夠切開來吃，還是讓村子裡的大家很感謝我。
這讓我非常高興，卯足了勁製造小刀。
我就這樣不斷製造小刀，提升了技能等級，ＭＰ總量也得到增加，接著變得能夠製造菜刀。
如果可以的話，我也想製造些叉子之類的東西，但武器鍊成一如其名，只能夠製造武器。
小刀與菜刀似乎只是因為姑且能夠當成武器使用，才能夠用這個技能鍊成。
小刀、菜刀，接著是用來肢解獵物的大型短刀。
再來是短劍。
再來總算能夠製造出像樣的長劍。
我按部就班地不斷製造出更好更強的武器。
哥布林們都沒有像樣的武器，就是因為至此之前缺乏資源。
多虧了我的武器鍊成技能，讓這種情況出現了巨大的變化。
我們變得能夠擊敗以前打不贏的魔物，行動範圍變廣了。

拜此所賜，分給村民們的肉變多了，在探索過程中得到的東西也變多了。
我的能力幫到了村子裡的大家。
這讓我感到既開心又自豪，更加努力地鍊成武器。
回憶起來，那是我過得最為充實的一段時光。
我越是鍊成武器，技能等級就變得越高，有能力製造出更好的武器。
然後，如果我能製造出更好的武器，就能幫助到大家。
沒有比這更有成就感的事情了。
跟當時比起來，我現在的技能等級變得更高，ＭＰ總量也變得更多，能夠製造出來的武器品質也好到無可比擬的地步。
當時的我還沒辦法替武器加上附加效果。
我進步了。
可是，我完全感覺不到充實感。
為了殺人而製造武器，想也知道不可能會帶來充實感。
用來擊敗魔物求生存的武器，以及用來殺人的武器。
即使同樣是武器，其中的意義也完全不同。
不，武器就是武器。
任何武器都同樣是武器。

只不過，使用者如何使用武器，將會導致武器本身的性質出現變化。

我是為了殺人而使用武器。

事情就是這麼簡單。

我鍛鍊這個技能，明明不是為了做這種事啊。

我再次環視周圍。

地面變得坑坑巴巴。

冒險者們的屍體倒在上面。

還能保有人型已經算是好的，許多冒險者的屍體簡直慘不忍睹。

把他們變成那副慘狀的罪魁禍首，就是我製造出來的魔劍之力。

地雷劍——

一如其名，那是一種效果有如地雷的魔劍。

照理來說，由於魔劍這種東西必須消耗使用者的ＭＰ才能發揮效果，所以在壞掉之前都能永久使用下去。

我主要使用的雙刀——炎刀與雷刀也是如此。

然而，地雷劍並非如此。

那是我灌注大量ＭＰ製造出來的魔劍。

而那種魔劍的力量會在僅此一次的爆炸中徹底發揮出來。

只要想到那是把原本應該可以永久使用的魔劍之力，在僅此一次的攻擊中全部用掉，就不難推測出威力會有多大。

話雖如此，但地雷劍實際上並不會發揮出那麼驚人的威力。

魔劍之力必須消耗使用者的ＭＰ才能發動，因為沒有消耗ＭＰ，而是把劍用過就丟，所以只能稍微提升威力。

考慮到製造時消耗的ＭＰ的量，就性價比來說，尋常魔劍還比較優秀。

話雖如此，威力有所提升也是事實，不需要消耗ＭＰ就能發動這點也一樣很有魅力。

因為我只有兩隻手，能夠揮舞的魔劍頂多也只有兩把，而這點更是提升了地雷劍的實用性。

只要事先設置好地雷劍，再來只要有人踩到就會自動發動。

我只需要製造地雷劍，並且設置地雷劍而已。

既然我的身體只有一個，在人多打人少的情況下，無論如何都會露出破綻。

正因為如此，我才會開發出這種地雷劍。

只要事先設置在某個地方，地雷劍就能發揮出陷阱的效果，減輕我的負擔。

武器鍊成這個技能就特性上來說，製造的魔劍越多，我的技能等級就會越高。

一旦技能等級提升，就能製造出品質更好的魔劍。

為此，我必須不斷製造更多的魔劍，但我最多只能同時揮舞兩把魔劍。

就算像漫畫或電玩那樣，硬是裝備多把魔劍，也不會有實際效益。

為了避免浪費掉製造出來的魔劍，這種拋棄式且能遠距離運用的魔劍，可說是非常適合我。

基於這樣的概念，我製造出了類似於地雷劍，用來投擲的炸裂劍。

雖然構造跟地雷劍幾乎一樣，但炸裂劍有著我能自己選擇攻擊對象的優點。

我原本是想製造出手槍，但我的武器鍊成似乎無法製造出現代武器。

雖然刃器和鈍器都能毫無問題製造出來，但用到火藥的武器就沒辦法了。

因此，我才會開發出炸裂劍作為替代品，結果這種魔劍的威力出乎意料地強。

因為算是劍，所以能透過劍的才能這個技能提升攻擊力，還能投過投擲這個技能提升命中率與威力，光是擊中敵人就能發揮出相當大的效果。

而且擊中之後還會爆炸，單就威力而言，比地雷劍還要優秀。

殺傷力也凌駕在手槍之上。

唯一的缺點，就是不同於地雷劍，如果不親手把劍丟出去就沒用，所以一旦敵人靠近就無法使用。

但只要跟地雷劍一併運用，就能在某種程度上消除這個缺點。

我只需要把地雷劍設置在周圍，讓對手難以接近，然後再投擲炸裂劍就行了。

用地雷劍架起無形的壁壘。

然後把炸裂劍當成砲臺。

就某種意義上來說，我等於是變成了一座要塞。

話雖如此，地雷劍與炸裂劍畢竟是消耗品。
只要用過一次就沒了。
不管是地雷劍架起的壁壘，還是炸裂劍變成的砲臺都一樣。
最後能夠依賴的就只有我自己，以及我所揮舞的魔劍——
炎刀與雷刀。
有別於用過就丟的地雷劍與炸裂劍，這兩把是一般的魔劍。
由於形狀跟刀一樣，所以說是魔刀應該比較正確。
一如其名，那是分別寄宿著炎之力與雷之力的魔劍。
只要灌注ＭＰ，刀身就會冒出火焰與雷電，能夠爆發性的提高攻擊力。
甚至還能放出那些火焰與雷電，連中距離攻擊都辦得到。
此外，光是裝備著這兩把魔劍，就能提升使用者的防禦力、火抗性和雷抗性，還能稍微恢復ＨＰ與ＭＰ。
儘管效果比技能還要差，然而不但能減輕使用者受到的傷害，還能提供恢復效果，所以對長期作戰很有幫助。
此外，由於這兩把魔劍還擁有自動修復刀身損傷的功能，只要不在一場戰鬥中被破壞掉，就永遠不會損壞。
即使是現在的我，要製造出擁有這種效果的魔劍也很困難。

這是我引以為豪的傑作。

我還用命名這個技能幫劍取了名字，進一步提升效果。

命名這個技能可以透過替物品或生物取名，來提升該物品所擁有的效果，或是提升該生物的能力值。

如果目標是生物，一旦被取了名字，有時候還會受到命名者的影響。

也就是透過命名建立起從屬關係。

雖然只有命名還不會有太大的效果，但如果結合其他技能，甚至可以讓該生物對命名者百依百順。

所以我才會……

我想起不好的回憶了。

重新調整一下心情吧。

我不認為派出這種大規模討伐部隊的人類們會就此善罷甘休。

反倒會因為有一個這麼危險的魔物，竭盡全力也要前來擊敗我。

畢竟我對人類來說確實很危險，所以我無法譴責他們做出的判斷。

雖然我無法譴責他們，但這並不代表我不覺得厭煩。

一旦遭受攻擊，任誰都會不高興吧。

既然對方想打，那我也只好準備迎戰。

事到如今，我已經不打算試著跟人類對話了。

我無法信任人類。

甚至想要消滅所有人類。

一股漆黑的情感從內心深處湧出。

嘴裡在不知不覺間充滿了鐵鏽味。

我還以為是因為牙齒咬得太大力，讓嘴巴裡有地方破皮了，後來才發現自己正在啃食冒險者的屍體。

不管願不願意，充滿嘴裡的血肉滋味依然刺激著我的記憶，讓我回想起當時的憤怒。

陷入那種彷彿被憤怒徹底佔據心靈的感覺後，我猛然搖了搖頭。

不行，這樣不行。

我必須保持平常心。

沒問題。我還可以的。

我還能保持冷靜。

為了迎接人類的下一次進攻，我要冷靜備戰。

於是，我一邊咬碎冒險者的屍體，一邊思考著該如何殺死下次來襲的人類。

# R1 服喪的老爺子

搖晃的馬車裡陷入沉重的沉默。

即使是我，在這樣的氣氛下也沒心情開玩笑。

儘管馬車外頭就是帝都的明媚風光，內部卻充滿著完全相反的陰鬱氣氛。

不過，想到我們接下來要前往的地方，會有這種氣氛也是沒辦法的事。

坐在我對面的迪巴緊閉雙眼，一臉沉痛地低著頭。

雖然為了支援歐茲國，迪巴身負率領帝國軍隊攻打沙利艾拉國的任務，但因為那個與我有關的蜘蛛大軍襲擊蓋倫家領地事件，讓他無法繼續攻打沙利艾拉國，所以才會像這樣回到本土。

此外，這傢伙在那之後還開始調查某個事件。

那就是這陣子經常發生的孩童綁架事件。

不光是帝國內部，在各國都接連發生了孩童遭到綁架的事件，而迪巴正是調查行動的最高負責人，負責指揮所有行動。

以前也存在著綁架孩童，然後當成奴隸賣掉的傢伙。

但這陣子的綁架事件的規模不同於以往。

只能認為是有個相當巨大的組織有計畫地在綁架孩童。

為了摧毀那個組織，救回被擄走的孩童，迪巴才會率領著帝國的一支部隊，每天追查綁架犯留下的線索。

但成果並不理想。

即使他們衝進組織的基地，也只能抓到最底層的小混混。

最重要的組織成員連影子都看不到，無從得知組織的全貌。

儘管做出這麼大規模的行動，卻完全沒露出馬腳。

這個對手相當難應付。

然後，我們正要前往的地方，正是這起綁架事件的被害者宅邸。

那裡住著一位孩子大約在三年前被綁走的夫人。

從這輛馬車的氣氛便可得知，我們要帶給那位夫人的並不是好消息。

而是訃聞。

只不過，訃聞的主角並不是被綁架的孩童。

「羅南特大人，我還是覺得您不應該過去。」

迪巴像是忍受不住沉默般開口了。

在我們坐上馬車之前，他就一直這麼勸告。

然而，對於他的勸告，我的回答還是一樣。

「別讓我說那麼多次。這件事應該要由我來告訴她。」

「可是……」

「少囉嗦！」

我用稍重的口氣讓迪巴閉嘴。

再說，將這個情報帶回帝都的人可是我。

我不打算把這個任務交給任何人。

也許是感覺到我心意已決，迪巴之後再也沒有開口。

馬車在恬靜的貴族街前進，最後停在一棟宅邸前面。

以貴族宅邸來說，這棟宅邸有點小。

話雖如此，如果只是這種狀況，倒也沒有那麼稀奇。

然而，這棟宅邸給人的感覺跟周圍完全不同。

從外頭能瞧見的庭院缺乏整理，宅邸本身也有著顯眼的汙漬。

一看就知道至少有幾年沒人整理過了。

明明還是大白天，整座宅邸看起來卻有些陰沉，可說是慘不忍睹。

在這棟荒涼宅邸的門口，毫無氣勢的執事正在等待我們。

「歡迎各位大駕光臨。」

執事恭敬地向我們行禮。

我和迪巴簡單回禮，然後隨著在前面帶路的執事踏進宅邸。
宅邸內部跟外面不一樣，似乎還有做好最低限度的管理。
雖然家具並不多，看起來有些殺風景，但都有確實打掃。
感覺很乾淨。
儘管如此，卻還是給人寂寥且陰沉的感覺。
我們被帶到客廳，在那裡見到這棟宅邸目前的主人。
「兩位大人，歡迎光臨。」
一名女子用優雅流暢的動作低頭行禮。
那種熟練的動作就跟我記憶中的一模一樣，但那名女子的樣貌跟我印象中的差了不少。
……她瘦了。
她原本是帝都公認的美女，現在卻憔悴得不成樣子。
肌膚失去光澤，不健康的纖細身軀缺乏生命力，讓她看上去比實際年齡老上許多。
正因為看過她以前的美貌，這樣的改變對我造成了不小的震撼。
不得不對衰弱至此的這位夫人，說出那種跟落井下石沒兩樣的話語，這個事實讓我的決心有些動搖。
我現在明白迪巴為何一直勸我別來了。
與其說是為我著想，倒不如說是為了不讓夫人更加操心，他才會想要阻止我來到這裡吧。

可是，我必須做個了斷。

這件事必須由我親口告訴夫人。

「羅南特大人，好久不見。」

「嗯。」

換作是平常的話，我可能會說句「妳看起來過得不錯」，但夫人看上去過得並不好，所以我無法對她這麼說。

從我難得會有的僵硬態度與迪巴沉重的表情，夫人應該也察覺到我們是帶著不好的消息而來了吧。

她不健康的臉色又變得更為蒼白了。

「好啦，我們趕快進入正題吧。」

大家打過招呼，侍女也準備好茶水後，我切入正題。

「羅南特大人。」

「迪巴，就算拐彎抹角描述，事實也不會因此改變。」

迪巴覺得我太過急躁，用責備的口氣叫了我的名字，但是在這種情況下，盡快說明來意反而比較好。

夫人很聰明。

我們一起來到這裡的理由，她已經隱約猜到了。

如果我現在故意拖著不說，就表示夫人這段時間都得受到不安的折磨。
反正最後總是必須把事情告訴她。
既然如此，那還不如早點說出真相。
「布利姆斯死了。」
面對我毫無修飾的話語，夫人起初毫無反應。
正確來說，她是反應不過來才對。
夫人動也不動，連眼睛都不眨一下，我不發一語，迪巴也屏息以待。
時間就這樣靜靜流逝，最後夫人的眼神開始微微顫動。
她好像終於能夠理解我說的話，接下來的變化雖然安靜，卻極具爆發性。
仰起頭的夫人雙手摀臉，壓低音量哭了起來。
我跟迪巴不發一語，靜靜地守候著哭泣的夫人。
在此期間，我想起了布利姆斯這個人的事情。

布利姆斯這名男子跟我並沒有太多交集。
他是個優秀的召喚師，即使在帝國裡，也是屈指可數的高手。
因為這個緣故，我們從以前就多少有些交情，但真要這麼說的話，帝國的有力人士幾乎都跟我有交情。

我們沒有親密到足以稱作朋友，即使布利姆斯把我當上司尊重，對我應該也沒有親近感吧。

我們不算是朋友，頂多只算是熟人。

如果沒有發生那件事，我也不會這麼在意他的事情。

如果我們沒有在那個事件中，一起在艾爾羅大迷宮裡與那位大人對峙的話。

距今四年前，我和布利姆斯率領著一支部隊前往艾爾羅大迷宮。

理由是有人在艾爾羅大迷宮裡目擊到神祕魔物。

根據目擊者的證詞，那傢伙是個一看就知道很危險，渾身散發出強烈存在感的邪惡魔物。

帝國同時還得到情報，得知那隻魔物似乎會做出有智慧的行動，便懷著說不定能收服那隻魔物的僥倖心理，於是派出了身為召喚師的布利姆斯。

考慮到那傢伙可能跟傳說中的一樣是隻邪惡魔物，帝國同時派出了我這個能夠加以討伐的戰力，跟布利姆斯一起同行。

結果非常悽慘，除了我和布利姆斯之外，整支部隊都被那位大人殲滅了。

當時的我太過相信自己的實力。

不管對手是什麼樣的魔物，只要有我的力量都能戰勝。我對此深信不已。

儘管我早就知道世上有著以神話級為代表，據說人類無論如何都無法戰勝的魔物。

我對此毫無體悟的代價，就是艾爾羅大迷宮裡的那場悲劇。

如果我沒有輕率燒掉那位大人的巢穴，那慘劇說不定就不會發生了。

雖然就算後悔也無濟於事，但我還是會這麼想。

如果事情只有這樣，那我就算會後悔，應該也不至於對布利姆斯感到這麼虧欠吧。

雖然我對導致部隊全滅一事感到虧欠，但我們一起逃過一劫，說不定有機會成為一起喝酒的朋友。

然而，事情並沒有就此結束。

因為帝國高層把失去部隊的責任，全都推給了布利姆斯。

問題就出在不久後被稱作迷宮惡夢的那位大人，後來跑出迷宮展開活動了。

有些人懷疑可能是因為我們刺激到那位大人，才使牠跑到迷宮外面。

我不確定那位大人到底是不是因為我們而跑出迷宮。

然而，事情發生的時機實在太糟糕了。

那位大人一離開迷宮，就立刻摧毀掉歐茲國的要塞，然後在與歐茲國敵對的沙利艾拉國定居下來，並且給予對方各種援助。

歐茲國是帝國的盟國。

帝國的行動對盟國帶來負面影響這種事，絕對不是那種能夠坐視不理的小事。

必須以某種形式，讓某人負起責任才行。

而布利姆斯扛起了那個責任。

那起事件的倖存者就只有我和布利姆斯。

高層裡沒人有那種骨氣跳出來扛起責任。

這麼一來，照理來說就得由我和布利姆斯扛起責任，但我的地位這時卻成了問題。

我好歹也是帝國的首席宮廷魔導師。

換句話說，我是帝國最強的魔導師，別說是帝國了，我身為魔法師的實力甚至可說是天下第一。

如果是在遇到那位大人之前就算了，事到如今就算別人這麼說，我也一點都高興不起來。

然後，對於帝國來說，我的名聲有著重大的意義。

可以用來牽制其他國家。

自從魔族銷聲匿跡後，帝國的威信便不斷受損。

劍技高強到被譽為劍神的前任劍帝突然失蹤，帝國內部也因為少了魔族的威脅而日漸腐敗。

無能的貴族恣意妄為，認真做事的傢伙們也一直拿前任劍帝與現任劍帝做比較，自顧自地感到失望。

一旦國家內部亂成一團，當然也會失去其他國家的信任。

然後，因為不能繼續在其他國家面前示弱，帝國沒辦法捨棄掉我這張手牌。

因為高層懷著這樣的盤算，我跟艾爾羅大迷宮的事件被徹底切割開來了。

於是，原本應該由我和布利姆斯一起扛的責任，變成由布利姆斯一肩扛起。

相較於只得到閉門思過這種輕微處罰的我，布利姆斯卻得到了嚴厲的處罰，被調派到西北方的魔之山脈。

魔之山脈一如其名，是自然環境嚴苛且棲息著強大魔物的魔境。

那是能與艾爾羅大迷宮匹敵的人跡未至之地，被調派到那種地方，實際上等於是被宣告了死刑。

布利姆斯對這個決定毫無怨言，二話不說就出發了。

儘管夫人即將生下他滿心期待的頭一個孩子。

「這只能說是運氣不好吧。才剛得知自己的孩子出生，卻還來不及見孩子一面，就得鑽進這種不見天日的洞窟。」

我想起布利姆斯曾經在艾爾羅大迷宮裡，苦笑著對我這麼抱怨。

儘管露出苦笑，他的臉上還是洋溢著喜悅之情。

那神情是希望早點見到自己孩子的父親。

他之所以能夠擋下那位大人猛烈的攻擊，拚命爭取時間讓我發動轉移魔法逃跑，肯定是因為不願在見到孩子之前就死去。

他明明好不容易才撿回一命，卻又不得不再次赴死。

而且還是剛養好傷就出發。

換句話說，他還是沒能見到自己的孩子。

他沒能見到朝思暮想的孩子，而且如果這次想要回來，至少也得拿出足以抵銷罪過的成果。

沒人能夠保證他能活著回來。

對夫人來說，自己的丈夫不但身受瀕死重傷，而且兩人連再次見面的機會都沒有，就得任憑丈夫再次赴死。

不難想像她會多麼為丈夫擔心。

關於這件事，我也有責任。

因為我讓布利姆斯擔負起所有責任，現在依然在這裡苟且偷生。

對此感到愧疚的我，當然對留在帝國的夫人表示願意盡力提供援助。

然而——

「您的好意我心領了。」

我無視閉門思過的命令，來到這棟宅邸表明來意，卻被夫人婉拒了。

「我是軍人的妻子。早就做好丈夫遲早可能會出事的心理準備了。」

夫人無力地微微一笑。

看到她那就算化妝也藏不住的浮腫眼角，我立刻就明白她在逞強。

「他已經拚盡全力了。然後，如果他能活下來，就一定會再次回到我身邊。」

在做好剛才那種心理準備的同時，她也懷著完全矛盾的希望。

該怎麼說呢？當時的我覺得有些難為情。

我還以為她會對我說幾句怨言，或是把我痛罵一頓。

但我沒想到對方根本不把我放在眼裡。
夫人滿腦子都是丈夫的事情。
根本沒有我存在的空間。
我只是擅自誤以為自己在夫人心中佔有重要的地位。
覺得自己對布利姆斯的所作所為有這麼嚴重。
然而，其實夫人根本沒把我放在眼裡。
該怎麼說呢？之前遇到那位大人時也是，我再次體認到自己是個自以為是的傢伙。
也許是因為她忙著擔心丈夫，以及剛出生的孩子，根本沒時間恨我也說不定。
不過，夫人心中當時沒有我也是事實。
即使號稱人族最強的魔法師，我也不過是個微不足道的傢伙。我有種被上了一課的感覺。
然後，我發現自己的自以為是，才會覺得難為情。
結果，雖然當時被夫人拒絕了，但我還是有些強硬地開始提供援助。
要是什麼都不做，我會覺得過意不去。
與其說是為了夫人與布利姆斯，這更是為了讓我自己做個了斷。
然後，我好不容易才透過門路，對布利姆斯被派遣過去的魔之山脈部隊盡可能地展開援助。
再來就看布利姆斯本人的努力了。
可是，在與他本人無關的地方，悲劇發生了。

孩子被綁架了。

在轟動全國的孩童綁架事件中，布利姆斯的孩子也成為被害者了。

雖然迪巴擔任總指揮，追查著綁架犯與失蹤孩童的下落，但依然找不到線索。

「抱歉，讓兩位見笑了。」

雖然聲音還在發抖，但夫人還是堅強地向我們道歉。

對此，我和迪巴都表示不用在意。

接二連三的不幸，應該讓夫人的心理壓力達到極限了吧。

在這樣的情況下，又接到了丈夫的死訊。

夫人的心情可想而知。

「他是怎麼死的？」

「詳細情況我也不清楚。但是，當我前去查看情況時，整支部隊都全滅了。」

因為某件事情，我現在被調派到北方的要塞。

那裡離布利姆斯所在的魔之山脈不遠，所以我一直在收集相關情報。

然後，得知來自布利姆斯駐守據點的定期匯報突然中斷後，我親自前往那個據點，結果發現那裡已經被摧毀了。

「我想，原因八成是在同一時期出現的特異巨魔。」

那支部隊裡有著布利姆斯這樣的高手，但對方卻有能力把他們殺到全軍覆沒。

那種敵人不會這麼容易出現。

然後，在同一時期出現了足以葬送多名冒險者的強大巨魔。

我不認為這兩件事毫無關係。

「我之後會親自率領部隊前去討伐那隻巨魔。這可能算不上是安慰，但我會替他報仇的。」

「我也會拚盡全力，盡早救回妳的孩子。」

我和迪巴分別說出今後的計畫。

「麻煩兩位了。」

夫人虛弱地低頭鞠躬。

「她沒問題吧？」

離開宅邸踏上歸途後，迪巴在搖晃的馬車裡開口了。

雖然沒有指名道姓，但我知道他是在擔心夫人。

「不知道。」

唯獨這個問題，我也沒有答案。

不但失去丈夫，孩子也被綁架，就算我能想像夫人現在的心情，也沒辦法真正理解。

不是當事人的我，不該隨便說出「她沒問題」這種話。

「大概得看你的表現了吧。」

只要被綁走的孩子回到身邊，堅強的母性或許能讓夫人重新振作起來。

「我會全力以赴。」

迪巴嚴肅地點了點頭。

我本來就不認為這傢伙會敷衍了事。

因為他不但個性認真，還有著讓他認真追查這個事件的理由。

「我一定會把那些孩子活著救回來。絕對。」

迪巴的話語中顯露出藏不住的憤怒。

除了對那些綁架犯感到氣憤難平外，其中還有難以抹滅的怨恨。

迪巴有個兒子。

應該說，他曾經有過。

他兒子有個妻子，兩人替他生下一個孫子。

那孩子出生的時期，布利姆斯的孩子也差不多出生了。

那是他兒子夫婦的第一個孩子。

也是迪巴的第一個孫子。

那是他們一家人最幸福的時候。

不過，他兒子夫婦跟他們的孩子都過世了。

他們三人搭乘的馬車出了意外。

可是，根據後來的調查，我們發現那其實不是意外，而是某人故意引發的車禍。

然後，那種手法似曾相似。

就跟那個綁架孩童組織的手法一模一樣。

難不成他們盯上迪巴的孫子，卻不小心殺了孩子嗎？

還是說，他們這麼做是為了其他理由？

雖然這點不得而知，但總之迪巴一口氣失去了兒子夫婦與孫子。

因此，這名男子也有追查綁架孩童組織的堅定理由。

其決心恐怕不會輸給布利姆斯的夫人。

「我也會盡力幫忙。」

事情到了這種地步，我也不能袖手旁觀了。

那個組織給我一種不好的感覺。

要是置之不理，恐怕會發生什麼不好的事情。

「……被貶職的人能幫上什麼忙？」

迪巴傻眼地看著我。

咕嗚！

這句話戳到了我的痛處。

因為某個無聊的理由，現在的我遭到貶職，被調派到帝國北部。

今天其實也是擅自跑回帝都。

拜此所賜，我無法自由地到處行動。

「嗚嗚嗚！只因為那種理由就把我貶職，實在是太奇怪了！」

「不，您把勇者整得半死不活，這也是理所當然的結果吧。您能夠不被處刑，只得到貶職處分，反倒該謝天謝地才對。」

「我只不過是稍微鍛練他一下！說我把他整得半死不活也太誇張了！」

我之所以會被貶職，都是因為幫忙鍛鍊身為勇者，同時也是我的頭號弟子的尤利烏斯。

自願拜我為師的尤利烏斯接受了我的訓練。

神言教與尤利烏斯的祖國對訓練內容提出抗議，而帝國也接受了他們的抗議。結果就是，我明明沒有做錯事情，卻遭到了貶職，被調派到帝國北部。

即使是帝國，一旦其他國家為了勇者的事情指名道姓地出面譴責，也沒辦法繼續袒護我。

可是，為什麼我只是鍛鍊徒弟，卻非得受到譴責不可！

「不，那不是鍛鍊，以世人的標準來說，應該算是拷問才對。羅南特大人，您的常識不同於世人的常識，這點希望您有所自覺。」

「哼！」

我不能接受！

我不過就是用魔法打他，幫他鍛鍊一下抗性而已啊！
只因為這樣就被人貶職，實在是太不划算了！
「算了。反正我只要盡力而為就行了。首先，我就先去幫布利姆斯報仇吧。」
在馬車裡，我思考著那隻未曾謀面、殺死布利姆斯的巨魔。

# 3 我吃飽了

我現在正陷入苦戰。

這是前所未有的危機。

我好久沒有陷入這種困境了。

不過，就算是這樣，我也不能認輸！

我要贏！

無論如何都要贏！

「呼咕！」

「小姐，妳不需要勉強自己吃那麼多喔。要是肚子吃撐了，就算剩下來也沒關係。」

雖然大嬸這麼說，但我怎麼可能聽她的！

我絕不允許浪費食物！

沒錯，我現在正在旅館餐廳裡吃飯。

我吃，我吃，我一直吃！

「嗚！」

「看。妳已經吃不下了吧？就算逼著自己吃了快一個小時，吃不完的東西也還是吃不完。」

我眼前擺著看起來很美味的餐點。

從住著冒險者這件事便可得知，這是間大眾化的旅館，不同於專門接待貴族的旅館，一切服務都很大眾化。

因此，提供的餐點也全都是質重於量。

麵包！好幾個！

蔬菜！一整盤！

肉！一大塊！

大概就是這種感覺。

只不過，也許是大嬸的廚藝了得，儘管都是些平價料理，卻有著豪邁且適度的調味，非常好吃。

真的很好吃。

雖然很好吃，但是我吃不完！

「嗚嗚嗚！」

我不由得發出呻吟。

這麼好吃的東西可以剩下不吃嗎？

不！不行！絕對不行！

然而，我的胃已經發出哀號，喉嚨開始想吐，嘴巴也不肯讓我把食物繼續塞進去。

無視於我的意願，身體不聽使喚。

怎麼會有這種事情！

我真的能讓這樣的悲劇發生嗎？

當然不行！

「嗚嗚。」

「等一下！小姐，拜託妳別哭啊！來，大嬸安慰妳。好嗎？」

雖然大嬸馬上安慰我，但就算有人安慰，我吃不完眼前飯菜這個事實也不會改變。

我神化後最大的不幸，就是食量變少了。

戰鬥力？

比起那種小事，吃飯重要多了！

以前因為魔物的身體與飽食這個技能，讓我的食量比外表看起來更大。

拜此所賜，我已經很久沒有這種肚子吃撐，再也吃不下任何東西的感覺了。

所以我才能夠盡情吃喝。

但自從神化以後，我就算只吃一點點東西，肚子也很快就飽了！

仔細想想，這也是理所當然的事，如果沒有飽食這個技能，食量當然會變得跟普通人一樣。

不但如此，若葉姬色的食量本來就很小，只要別人一半的分量就能吃飽。

嗯。我還記得自己當時每餐只要吃一碗泡麵，或一個超商便當就夠了。
如果是超商便當，視種類而定，甚至可能無法吃完。
我現在的身體是以當時為基準，所以食量當然不大。
我心裡是想吃的。
可是，身體卻在抗拒進食。
有人能夠明白這種痛苦嗎！
我現在也處於這種矛盾的狀態，即使想吃下眼前的飯菜，卻光是用看的就想吐！
嗚嗚嗚，太過分了。
神啊，我到底做錯了什麼？
雖然我確實做了不少壞事。
而且這個世界的神，還是那位壞心眼的邪神。
太過分了。
真的太過分了……
我萬分悲痛地把早已冷掉的飯菜，推到坐在對面的莎兒面前。
雖然莎兒已經吃下跟我一樣的餐點，但這傢伙是蜘蛛系魔物，自然擁有飽食這個技能，食量比外表看起來的還要多。
即使本體是小蜘蛛，只要有這個技能，就能吃掉比自己身體更大的食物。

真令人羨慕。

即使已經吃下跟我相同分量的餐點，她應該還是有辦法吃掉我的剩飯吧。

畢竟距離莎兒吃光餐點已經過了一段時間。

這段期間她可能又餓了吧。

唔。想不到我居然會有不得不把食物讓給別人的一天！

莎兒輪流看向我的臉和擺著料理的盤子，接著看向大嬸，再次輪流看向我的臉和盤子，然後又看向大嬸……

這是可怕的無限輪迴嗎？

別再看了，趕快吃吧！

總覺得不管過了多久，莎兒都無法自己跳出這個無限輪迴，於是我把料理硬塞進她嘴裡。

為什麼我們家的幼女們都這麼有個性？

就這層意義上來說，身為母親的魔王好像反而沒啥個性。

她們是用產卵這個技能生下來的，就某種意義上來說，應該跟母親的分身沒兩樣才對。

為什麼那個魔王只會生出這種奇怪的傢伙？

啊，我不小心說她們奇怪了。

嗯，不過她們真的很怪。

艾兒是唯一的例外。

因為如果沒有艾兒，就沒人可以管好人偶姊妹們了。

還好有艾兒在。

我突然想到，在自己過去殺掉的人偶蜘蛛中，應該也有跟艾兒一樣的傢伙吧。

當我跟魔王還互相敵對時，我一共擊敗了七隻人偶蜘蛛。

現在這些人偶蜘蛛，都是當時那一戰的倖存者。

這麼一想，我就覺得自己跟眼前這個一臉呆滯地吃著飯的笨蛋……更正，是莎兒之間的關係也頗為複雜。

幸好除了艾兒之外的其他三人都是笨蛋……更正，都是些不太在意這種事情的傢伙，所以很快就跟我打成一片，但魔王與艾兒心中肯定有著不少芥蒂。

不過，艾兒似乎經過各種考量後，也認為跟我和解才是上策。

從這點便可看出，那位長女相當優秀。

在被我殺掉的人偶蜘蛛中，也不是不可能存在著跟莎兒一樣，或是更加優秀的個體。

這麼一來，想要管好這些笨蛋，或許會變得更簡單吧。

我稍微想像了一下。

腦海中浮現出十一隻幼女到處亂跑的光景。

每個傢伙都隨心所欲地行動，艾兒露出放棄治療的燦爛笑容，放著她們不管。

根本是托兒所啊！

……嗯。

雖然我不該這麼說，但還好只有四姊妹。

因為問題兒童只有三個，所以艾兒還勉強能夠應付。

沒錯，我要積極思考。

看著這樣的我，莎兒露出不可思議的表情吃著料理。

話雖如此，因為她是人偶蜘蛛，所以表情其實沒有改變。

但就算表情毫無變化，我也覺得自己好像能隱約感受到她們當時的心情。

看著莎兒難以言喻的呆臉，我摸了摸她的頭。

當天傍晚，魔王一臉嚴肅地回來了。

不光是魔王，吸血子看起來也殺氣騰騰。

她們好像遇上了什麼事情。

「我有兩個壞消息。」

所有人都在房間裡集合後，魔王開口了。

雖然魔王跟吸血子不一樣，沒有殺氣騰騰，但卻眉頭深鎖。

當平時總是大而化之的魔王露出這種嚴肅表情時，通常都是因為遇到了麻煩的事情。

「第一個，是看來我們可能得在這座城鎮待上幾天。」

魔王的說明讓我覺得有些奇怪。

在我們原本的計畫中，一旦在這座城鎮裡買好橫跨魔之山脈所需要的物資，應該就會立刻出發才對。

原因在於，現在是最適合橫跨魔之山脈的季節。

雖然不像日本那麼明顯，但這個世界還是有著一年四季之分。

現在是夏天。

雖然外面很冷，也還是夏天。

魔之山脈是一年到頭都覆蓋在白雪之下的極寒之地。

如果不是在氣溫稍高的夏天，就會難以橫跨。

如果是在我神化之前，就算是冬天或許也能強行爬過去，但因為現在的我是個巨大的包袱，所以才無法這麼做。

然後，因為有我這個礙手礙腳的傢伙，讓我們無法按照原本計畫，走魔王過來這邊時的路，也就是筆直橫跨魔之山脈這條最短路線。

畢竟那裡都是海拔幾千公尺級的高山相鄰。

就連走在平地都會昏倒的我，根本不可能爬得過那種山脈。

因為這個緣故，我們決定盡量避開比較高的地方，在山與山之間迂迴前進。

雖然即使如此也會是一趟艱難的旅程，但也沒有更好的選擇了。

而既然要迂迴前進，就表示需要花更多時間橫跨山脈，考慮到可能還會遇上意外，盡早出發才是最好的選擇。

因為要是錯過這次機會，我們就得在這座城鎮多等一年。

然而，魔王卻說要在這座城鎮停留幾天，這到底是怎麼回事？

「前往魔之山脈的街道被封鎖了。據說是因為附近有凶惡的魔物出現。那傢伙似乎是一隻巨魔，擊敗了好幾名冒險者，因為太過危險才會封鎖街道。真是的，時機也未免太剛好了吧。」

經她這麼一說，我就明白了。

這麼說來，我記得餐廳裡的大嬸好像也說過，這附近出現了一隻不好對付的巨魔。

考慮到民眾的安全，因為有危險的魔物出現而封路，其實並沒有做錯。

話雖如此，但對於有著實力足以一拳解決巨魔的魔王的我們來說，這種措施讓人相當困擾。

「事情就是這樣，在那隻巨魔被人討伐之前，我們都得留在這座城鎮。不過，據說帝國軍近期就會出動，派出大規模的討伐部隊，我們只要忍耐到那時候就行了。」

原來如此。

也就是說，在那隻巨魔被擊敗之前的這幾天，我們都得待在這座城鎮是嗎？

還有，沒想到這件事居然得動用到軍隊。

那隻巨魔或許比我想的還要強。

不過，魔王出手的話，應該還是能夠一拳解決吧。

話說回來，直接請魔王出馬不是馬上就能解決了嗎？

魔王好像有冒險者這個頭銜，我總覺得讓她以冒險者的身分去解決掉巨魔就行了。

「那愛麗兒小姐去擊敗那隻巨魔不就行了嗎？」

喔，吸血子似乎也有跟我一樣的想法。

「嗯～這是最後手段吧。在這種地方引人矚目不是好事。據說帝國軍裡有著知名的魔法師與劍士。萬一跟他們起了衝突會很麻煩。」

魔王似乎不太想去討伐巨魔。

就算魔王擊敗巨魔，應該也不太有機會跟帝國軍爆發衝突，就算真的爆發衝突，憑魔王的實力也總會有辦法擺平。

可是，事情肯定會變得很麻煩，搞不好還會讓我們橫跨魔之山脈的計畫延到更晚。

即使魔王不親自出馬，帝國軍也已經表示他們要負責擊敗巨魔，所以她才會決定在那之前乖乖等待。

雖說我們得在此停留，但也只有停留幾天。

如果只停留幾天，對我們橫跨魔之山脈的計畫毫無影響。

不過，如果是好幾個星期，那可就另當別論了。

「總之，在巨魔被人討伐之前，我們就乖乖待在這裡吧。梅拉佐菲，我希望你能盡量低調行事，沒問題吧？」

「沒問題。」

面對魔王的問題，梅拉點了點頭。

我們之中如果有人會出問題，那就是梅拉了。

雖然我和莎兒因為外表上的特徵，有可能會被人發現是魔物，但我們只要盡量別去有人的地方就行了。

我原本就是個繭居族，就算不出門也沒差，而且我根本不想出門跑到太陽底下，所以這不成問題。

只要別叫莎兒出門，她也不會自己出去亂跑。

相較之下，梅拉的情況就不一樣了。

梅拉與吸血子是吸血鬼。

吸血子是真祖，因為稱號效果的緣故，克服了害怕陽光與必須定期吸血之類的弱點。

但梅拉就不是這樣了。

一旦被陽光照到，就算只有一點，也還是會受傷，如果沒有定期吸血也不行。

必須定期吸血這個問題特別麻煩，為了解決這個問題，梅拉會襲擊人類吸食鮮血。

好像不是任何生物的血都可以，只有人類的血最為合適。

如果讓他喝我們的血，雖然可以解一時之渴，卻無法給予他活力。

聽說是因為梅拉原本是人類，透過攝取人類的血，就能回歸過去之類的。

詳細原理我也不是很清楚，但總之如果不是人類的血，效果就很薄弱。

因為這個緣故，以往每當我們路過某座城鎮，梅拉每晚都會出門襲擊人類，攝取所需要的鮮血，而魔王就是希望他在這點能有所節制。

因為要是被帝國軍盯上就麻煩了。

「幸好我還有庫存，所以不會有問題。」

梅拉所說的庫存，並不是把血液裝進瓶子裡帶在身上。

而是利用吸血鬼這個技能提升等級後的效果，把吸到的血儲存在體內。

因為他有透過這種效果，把多吸到的血一點一點儲存起來，所以就算暫時不吸血也沒問題。

「總之，這就是目前的第一個問題，這個問題還沒那麼嚴重。另一個問題嚴重多了。」

魔王一臉嚴肅地交叉雙臂。

嘴巴上說是嚴重的問題，但她看起來好像有些無法釋懷。

到底發生什麼事了？

「就結論來說，我們剛才被一票妖精襲擊了。」

從魔王口中說出的真相，就是我們被一直以來最提防的妖精襲擊了。

這兩年來一直詭異地按兵不動的波狄瑪斯，終於派出刺客了。

# 血1　命運的邂逅

故事要拉回到今天中午時分。

「咦？封路？」

公會裡響起愛麗兒小姐的聲音。

在這個人數不多的公會裡，即使沒有特別大聲，愛麗兒小姐的聲音聽起來還是很響亮。

「是的。前方的街道附近出現了一隻非常危險的魔物。在魔物被討伐之前，街道將會暫時封鎖。雖然會造成不便，還望您能夠見諒。」

櫃檯小姐恭敬地低下頭。

這裡是冒險者公會。

一如其名，是專門管理冒險者的公會。

所謂的冒險者，簡單來說就是一種以討伐魔物為業的職業。

魔物有積極襲擊人類的習性。

因此，也為了確保城鎮附近與街道的安全，一定得有人負責與魔物戰鬥。

那些人就是冒險者。
在這個世界，不光是城鎮，就連小村子裡都一定會有冒險者存在。
因此每座城鎮裡都會有這樣的冒險者公會，這種組織也有一定的社會地位。
畢竟只要踏出城鎮一步，就已經算是來到魔物的地盤了。
不光是狩獵魔物，保護外出活動的人們，也是冒險者的工作。
冒險者不管有多少都不嫌多。
「原來如此。難怪這裡沒什麼人。」
愛麗兒小姐會意地點了點頭。
在這種規模的城鎮裡，應該會有相當多的冒險者才對。
然而，應該是冒險者聚集處的這個地方，卻只有幾個人在這裡。
其理由八成是因為他們都去討伐那隻魔物了吧。
「不是的，這是因為……」
櫃檯小姐含糊其辭。
愛麗兒小姐疑惑地看著她，然後立刻想到某種可能性，板起了臉孔。
「難道說，冒險者幾乎全軍覆沒了？」
「「咦？」」
聽到愛麗兒小姐這麼說，我和櫃檯小姐的聲音重疊了。

我不由得看向櫃檯小姐，但對方似乎沒把我放在眼裡，臉色蒼白地注視著愛麗兒小姐。

從她的表情就能知道，愛麗兒小姐的推測並沒有錯。

雖然我和櫃檯小姐同時叫了出來，但其中的意義大不相同。

我是因為想不到愛麗兒小姐會這麼說而驚訝，櫃檯小姐則是因為被猜到真相而驚訝。

即使同樣都是驚訝，原因也完全不一樣。

「這樣啊。那可不妙。」

愛麗兒小姐一副事不關己的樣子，有些厭煩地嘟囔了一句。

「如果是因為這樣，那封路也是沒辦法的事。然後呢？你們有辦法擊敗那隻魔物嗎？」

「啊，有的。帝國近期就會派遣軍隊過來。」

「軍隊？不是其他城鎮的冒險者嗎？」

愛麗兒小姐繼續追問櫃檯小姐。

「呃～那恐怕有困難。尋常冒險者是打不過那隻魔物的。還有，現在聚集在這裡的就是其他城鎮的冒險者。他們沒能趕得及參加巨魔討伐隊，幸運活了下來。」

回答這個問題的人不是櫃檯小姐，而是一位冒險者。

在這個冷冷清清的公會裡，他是為數不多的冒險者的其中之一。

「戈頓先生。」

聽到櫃檯小姐不知為何有些沉痛的呢喃聲，我們得知這位嘻皮笑臉地走過來的男子似乎名叫戈頓。

此外，從櫃檯小姐的態度，還有那種彷彿親自見過那隻魔物的說詞，不難猜出這名男子就是幾乎全軍覆沒的冒險者們為數不多的倖存者。

「初次見面，兩位美麗的小姐。我叫戈頓。別看我這樣，我可是A級冒險者。不過，在變成打輸那隻巨魔還恬不知恥地逃回來的喪家之犬後，這樣的頭銜也毫無意義了。」

戈頓自嘲地聳聳肩膀。

仔細一看，他的眼角有些紅腫。

在那些全軍覆沒的冒險者之中，應該也有跟他要好的朋友吧。

「然後呢？你這位A級冒險者大人找我們有事嗎？」

無視於戈頓的態度，愛麗兒小姐繼續說了下去。

真無情。

面對這名傷心的男子，居然連一句安慰的話都沒有。

不過，安慰一個突然跑出來的陌生男子確實有些奇怪。

「沒什麼。我只是喜歡多管閒事罷了。」

看到愛麗兒小姐冷漠的態度，戈頓苦笑地說道：

「雖然人不可貌相，妳似乎是個相當厲害的高手，但我勸妳最好還是別對那隻巨魔出手。那可是貨真價實的怪物。要是覺得對方只是巨魔就掉以輕心，可是會嚐到苦頭的。事實上，我們就因為這樣得到了慘痛的教訓。那傢伙可是上位竜種等級的禍害啊。」

戈頓斂起先前的輕浮笑容，一臉認真地說著。

看來出現在這此地的危險魔物，似乎是隻巨魔。

可是，比這更讓我在意的，是戈頓隱約看穿了愛麗兒小姐的實力。

因為愛麗兒小姐的外表像是個孩子，所以看起來一點都不強。

可是，從她身上微微散發出的氣勢，內行人就能看出她的實力並不尋常。

即使把壓迫這個技能關掉，也無法完全壓抑住稱號的效果。

只不過，她用高等級的隱蔽技能把這些效果也幾乎完全隱藏起來了，如果不是直覺相當好的人，就不可能看穿。

既然有辦法看穿，就表示戈頓的實力也不差。

A級冒險者並非浪得虛名。

「據說那支即將到來的軍隊是由羅南特大人與紐托斯大人負責率領。只要把事情交給他們兩位解決就夠了。不需要勉強挑戰那種怪物。」

雖然我沒聽說過戈頓口中的那兩個名字，但聽他的口氣，對方應該是相當厲害的高手。

即使是上位竜種等級的對手也應付得來的那種。

「喔～我明白了。在那隻巨魔被討伐之前，我就按兵不動吧。不過，其實我打從一開始就不打算對付那隻巨魔。」

愛麗兒小姐一臉不感興趣地隨口敷衍。

老實說，對愛麗兒小姐而言，這個建議實在是很多餘。

因為不管是巨魔還是上位竜種，甚至是上位龍種，都不是愛麗兒小姐的對手。

只要愛麗兒小姐有那個意思，要擊敗那隻巨魔是很容易的事情。

只不過，不曉得是為了配合對方的話，還是因為不喜歡引人矚目，愛麗兒小姐似乎不打算親自出馬。

「那就好。對了，妳們為什麼要走那條路？從這裡再過去也只有魔之山脈而已耶。」

戈頓的眼睛似乎在一瞬間閃過銳利的光芒。

難不成他猜到愛麗兒小姐的真實身分了嗎？

不，他應該不可能知道愛麗兒小姐就是魔王。

可是，他或許有猜到愛麗兒小姐不是人類。

既然他在某種程度上看穿了愛麗兒小姐的實力，就會注意到她的外表與實力並不相符。

再加上她的同伴包括我在內幾乎全是幼女。

目前在場的人有我和愛麗兒小姐以及梅拉佐菲、艾兒、莉兒與菲兒。

除了梅拉佐菲之外，幾乎所有人都是未成年女性。

雖然愛麗兒小姐看起來勉強有達到可算是少女的年紀，但包括我在內的其他人全是幼女。

在旁人眼中，肯定會覺得我們這群人很奇怪。

梅拉佐菲看起來像是我們的監護人嗎？

不管怎麼說，當率領著這群人的是外表與實力並不相符的愛麗兒小姐時，就已經很可疑了。

「既然前面只有魔之山脈，那當然是要去魔之山脈辦事啊。」

愛麗兒小姐若無其事地如此回答。

這麼毫不掩飾地說出來真的好嗎？

「辦什麼事？」

「為什麼我要告訴你？想知道更多，至少也得等我們的交情好到能在床上談心，否則我是不會說的。」

……拜託不要若無其事地開黃腔行嗎？

這對在場幼女們的情操教育很不好。

話雖如此，包括我在內，所有幼女的外表與年齡都不相符。

艾兒、莉兒與菲兒跟愛麗兒小姐一樣都是魔物，外表與年齡並不相符。

雖然我的肉體年齡跟外表一樣，但因為有過前世，所以精神年齡比較高。

應該……有比較高吧？

總覺得在肉體的影響下，我好像有些缺乏自制能力，但我的精神年齡肯定很高。

仔細想想，如果加上前世的年齡，我早就已經是個成年人了。

我本來以為只要過了二十歲，人就會自然變得沉穩，變成一個成熟的大人，但沒想到我居然會反過來變回幼女。

不過，只要年齡增長就會變成大人這種想法，八成只是我個人的願望吧。

我只是一廂情願地以為，一旦那些看不起我的傢伙變成大人，說不定也會變得收斂一些。

然而，看看現在的自己，我想那終究只是個願望吧。

……等一下。

換句話說，我現在等於是間接承認我知道自己在精神上不太成熟嗎？

不行，那可不行。

我是出色的淑女。

雖然看起來是幼女，但至少內在得配得上他才行！

我是大人。

我很成熟。

很好。

「說得也是。問了奇怪的問題，真是不好意思。」

當我的心思飄到九霄雲外時，愛麗兒小姐跟戈頓的對話似乎也告一段落了。

戈頓不再多加過問，避免了一場不必要的騷動。

要是他硬要在這時候追究到底，因為愛麗兒小姐的真實身分，事情恐怕會變得相當不妙。

在最糟糕的情況下，到時候愛麗兒小姐她們或許會展開虐殺。

只要愛麗兒小姐她們有那個意思，整座城鎮都會被一併毀掉。

因為戈頓沒有搞錯收手的時機，所以才撿回了一命。

「還有什麼值得注意的情報嗎？」

「啊，不，沒有了。」

突然被問話的櫃檯小姐鬼鬼祟祟地回答。

「啊，對了，雖然魔之山脈的山腳下有建立一個新村子，但那裡現在已經變成廢村了。」

櫃檯小姐明明就說沒有，戈頓卻告訴我們一項新情報。

「據說可能是那隻巨魔幹的好事。如果那座村子裡有你們認識的人，恐怕只能請你們節哀順變了。」

「喔~不過，那裡沒有我認識的人，所以應該與我無關吧。」

聽到愛麗兒小姐的回答，戈頓眼中似乎再次閃過銳利的光芒。

「戈頓先生，那是機密情報……」

「哎呀，我都忘了呢！真是抱歉。拜託各位假裝沒聽到剛才那些話吧。」

面對戈頓的要求，愛麗兒小姐一臉厭煩地聳聳肩膀代替回答。

「那我們走吧。」

愛麗兒小姐覺得繼續待在這裡也沒有意義，便催促我們走到公會外面。

走出公會時，我偷偷使用了某個技能。

那是透過吸血鬼這個技能製造出使魔的能力。
透過這個能力，我製造出一隻老鼠使魔，把它留在公會裡面。
使魔跟我的五感可以連結在一起。
我讓使魔在不被發現的情況下接近戈頓。
然後側耳傾聽。
「軍隊什麼時候會抵達這裡？」
透過使魔的耳朵，我聽到有別於剛才那種輕浮的口氣，戈頓用認真的口氣說話的聲音。
「咦？那個……詳細時間還不清楚……」
櫃檯小姐說得吞吞吐吐。
難不成她是因為戈頓的態度改變太大而嚇到了嗎？
「傷腦筋。現在到底是怎麼回事？這座城鎮該不會是被詛咒了吧？」
「那個……到底怎麼了？」
戈頓萬念俱灰地嘟噥了一句，櫃檯小姐一臉不可思議地看著這樣的他。
我透過使魔看著這副光景，戈頓深深地嘆了口氣，然後開口說道：
「剛才那些人十之八九是魔族。」
「咦！」
戈頓的猜測讓櫃檯小姐嚇了一跳。

「噓！妳太大聲了！雖然還不一定就是這樣，但那種年紀的人類不會有那種言談舉止。有些魔族的外表與年齡並不相符。剛才那些傢伙八成就是因為有著那種外表，而被派遣過來收集人族情報的魔族尖兵。那些傢伙應該是剛剛結束行動，正準備橫跨魔之山脈回到魔族領地吧。」

厲害。

雖不中亦不遠矣。

「咦咦！那我們該怎麼辦？」

「別那麼大聲啦！總之，我不知道憑這座城鎮目前的戰力有沒有辦法對付她們。畢竟我們冒險者已經變成這副慘狀了。如果那些傢伙願意安分地離開這裡，我們還是不要隨便打草驚蛇會比較好。」

哎呀？

我還以為事情會變得很麻煩，但看來戈頓打算靜觀其變。

「咦？這樣好嗎？」

「妳可能會覺得我很沒用，但看著那些小女生，我一點都不覺得自己能打贏。那是經過相當訓練的魔族。外表那麼嬌弱，卻絲毫不把我放在眼裡，彷彿她們很確定我不是個威脅一樣。」

嗯，事實上就是這樣沒錯。

「唉，我乾脆別當冒險者了吧。自信都沒了。」

戈頓變得情緒消沉，櫃檯小姐不知道該不該出言安慰，不知所措地看著他。

「總之，麻煩妳去向公會長報告這件事。不，還是由我去告訴他吧，這樣比較快。」

「那、那個！我們是不是也該跟教會報告一下？」

「也對。那這個任務就交給妳了。我馬上就去把這件事告訴公會長。」

丟下這句話後，戈頓就走到櫃檯後方，走上通往樓上的樓梯。

雖然櫃檯小姐在那之後一時之間不知所措，但還是跟公會裡為數不多的冒險者們說她要出去一下，接著便離開公會了。

我想她八成是趕去教會了吧。

他們口中的教會是神言教的教會吧？

既然如此，那她應該白跑一趟了。

因為神言教應該早就知道我們人在這裡了。

雖然我是在這趟旅程中得知此事，但神言教這個組織還真是可怕。

幾乎每座城鎮與村子裡都有教會，而且這些教會還會暗中聯絡交換情報。

轉生到這個世界後，我徹底體會到情報的重要性。

在某座城鎮裡眾所周知的事情，到了鄰鎮卻完全沒人知道，這種事並不罕見。

跟透過網路就能立刻查到任何事情的日本有著天壤之別。

舉個極端的例子，有時候當某座城鎮陷入飢荒時，鄰鎮可能正好是大豐收。

在這個世界，情報幾乎都是透過人類的雙腿來傳遞。

所以一旦距離越遠，情報的傳遞速度就會越慢。

雖然也不是沒有轉移之類的特殊手段，但只有極少數人能夠利用那種手段。

不是能夠使用空間魔法的術士，就是能夠使用轉移陣的當權者。

這兩者都跟一般人無緣。

因此，這個世界沒多少人清楚情報的價值。

因為無從得知其他地方發生了什麼事情，所以那些事情就被當成沒發生過。

而神言教就是透過在各地設置教會，並且必定在各地教會中安插擁有某個技能的人，藉以收集世界各地的情報。

那個技能就是「遠話」。

那是念話的上位技能，能夠以念話跟遠方的人物對話。

當我還是個不太會說話的嬰兒時，也一直很仰賴這個技能。

只不過，一般人並不看重這個技能。

因為與其用念話交談，還不如直接用嘴巴講話。更重要的，是這個技能只能透過技能點數來取得。

只要做出跟技能有關的行動，就能累積熟練度，遲早會自動取得技能，但念話並沒有與其相關的行動。

雖然或許有也說不定，但如果正常過活，就算花上一輩子也無法取得念話。

因此，如果要取得念話這個技能，就只能耗費技能點數，但技能點數是有限的。

也許因為我是轉生者，我一出生就擁有為數驚人的技能點數，但普通人並不會帶著技能點數出生。

然後，如果要取得技能點數，就必須提升等級，或是累積年齡。

透過這些管道取得的技能點數非常少，所以人們在利用技能點數取得技能時，似乎都不得不慎重行事。

因此，會特地把技能點數花在念話這種技能上的人似乎很少。

雖然只要擁有這個技能，在很多時候都很方便。

只不過，至於要不要為了一點方便就用掉重要的技能點數，一般人的答案都是不要。

而把念話這個技能活用得最為徹底的就是神言教。

只要把念話鍛鍊成遠話，就能夠跟遠方的人對話，接著再把這種人才派遣到各地，就能讓他們迅速回報各地的情報。

如此建立起的情報網，變成了神言教的一大利器。

在這種連鄰鎮的消息都無法清楚得知的世界，只要是有教會的地方，就能立刻得到情報。

老實說，這個世界沒有能在情報戰上勝過神言教的組織。

只要神言教有那個意思，甚至能夠自由散布假情報，或是隱藏對自己不利的情報。

而神言教便是靠著這種情報實力維持勢力。

彷彿直接體現出那位教皇的強大之處一樣。

而擁有情報網的神言教，不可能不知道我們的所在位置。

因為對那位教皇來說，我們……尤其是愛麗兒小姐，是無法忽視的存在。

不光是利用城鎮情報網，他應該還有派人監視我們。

畢竟在兩年前的那個事件中，他就直接出現在一直暗中行動的我們面前了。

所以，就算那位櫃檯小姐趕去教會，也只是讓教會得到他們已知的情報。

而神言教不會笨到在這種地方與愛麗兒小姐為敵。

他們一定會幫我們擺平這件事。

就只有這種時候，那位教皇是可以信任的。

……雖然害死我父母的仇人之一有可信任之處這點而言，讓我的心情有些複雜就是了。

此時的我讓五感跟留在公會裡的使魔連結，並跟著愛麗兒小姐她們一起走在大街上。

因為我不但把精神集中在使魔身上，還想著多餘的事情，結果才會疏於防備。

「——同學！」

所以我的反應慢了半拍。

我聽到某人的叫聲，手臂突然被人抓住。

「咦！」

我驚訝地回過頭，看到一個小女孩。

那是個跟我差不多……不，是年紀更小的女孩。

那女孩從巷子裡伸出手，抓住我的手臂。

換作是平常的我，或許會因為事出突然，而一時反應不過來。

然而，此時的我做出了反射動作。

因為那孩子有著妖精特有的長耳朵。

「臭妖精！別碰我！」

我揮開妖精女孩的手，順勢把她嬌小的身體使勁甩飛。

光是這樣還不夠，我還放出魔法。

妖精女孩摔進去的巷子，被我放出的冰系魔法凍結。

然而，妖精女孩在被凍結前就消失無蹤。

甩開她時我就覺得不對勁，看來那女孩似乎跟某人牽著手。

而那位某人使用空間魔法，跟女孩一起轉移離開了。

要是我繼續被她抓著手的話會怎麼樣？

答案是我也會被一起轉移到其他地方。

那就是敵人這次襲擊的目的吧。

為了綁架我，對方才會利用那種小女孩，想要讓我掉以輕心。

「沒事吧？」

「我沒事。」

「總之，在引起騷動前，我們先離開這裡吧。」

聽從愛麗兒小姐的提議，我們離開了那個地方。

因為我盡全力施展魔法，整條巷子都被凍住，十分引人矚目。

畢竟還有剛才戈頓那件事，要是被人知道我們在這裡引起騷動，事情說不定會變得麻煩。

「根岸同學……那女孩是這麼說的嗎？」

在快步回到旅館的途中，愛麗兒小姐小聲說了某句話。

「咦？」

「不。沒什麼。肯定是我想太多了。」

雖然嘴巴上這麼說，愛麗兒小姐卻露出愁眉苦臉的表情。

# R2　討伐惡鬼的老爺子

「嗯嗯。」

「老師，你幹嘛呻吟啊？你已經差不多要去見老祖宗了嗎？」

身旁的徒弟二號說出非常失禮的話，我默默地一拳往她頭上打下去。

「好痛！你做什麼啦？我好歹是個少女，你居然真的一拳往我頭上打下去，你瘋了嗎？啊，抱歉，我忘記老師你已經發瘋很久了。」

這傢伙，就算挨打也還是要耍嘴皮子。

她的嘴巴原本沒有那麼壞，卻好像一年比一年更加惡化，這難道是我的錯覺嗎？

徒弟二號——歐蕾露原本是我請來照顧我的隨從，卻因為某件事讓我發現她擁有魔法才能，於是收為徒弟。

至於那件事，就是我在訓練徒弟一號——尤利烏斯時，把他操得半死不活，結果被她用治療魔法救了回來。

看到歐蕾露邊哭邊使出無師自通的治療魔法時，我大為震撼。

因為歐蕾露使出了跟那位大人一樣的神技，在不依靠技能的情況下發動了魔法。

雖說是狗急跳牆，但能哭喊著「勇者大人會死掉！」同時辦到那種事，也還是值得讚嘆。
她擁有只要好好鍛練，就能成為跟我一樣……不，是比我更為優秀的魔法師的資質。
懷著這種想法，我有些強硬地收她當了徒弟，可惜這傢伙毫無幹勁，是美中不足的地方。
即使如此，她小小年紀就已經展現出比尋常魔法師更好的資質，可見我的眼光沒錯。
「真是的，就是因為這樣，滿腦子都是魔法的老爺子才教人頭痛。如果你不是只有腦袋，而是連身體都裝滿魔法直接爆炸的話，不就是對世人最大的貢獻了嗎？」
……她對我的辱罵也一年比一年更多花樣，我覺得需要教育一下。
我默默地再次握緊拳頭，徒弟二號發出奇怪的叫聲逃跑。
她逃向一名用金屬鎧甲包覆全身的老騎士，並且躲到他背後。
「羅南特大人！在下覺得對小孩子動粗有違騎士道的精神！」
那位全副武裝的騎士用讓人懷疑耳朵鼓膜可能會破掉的超大音量喊道。
「我不是騎士，所以沒這個問題。更何況這算是教育指導，也就是所謂的愛的鞭策。想也知道是想要逃離老師教誨的徒弟二號不好。」
「嗚！原來是這樣啊！」
這位輕易相信我的推託之詞的老騎士名叫紐托斯。
如各位所見，這傢伙是個莽漢。
套用歐蕾露的說法，就是個連腦袋裡都是肌肉，全身上下只有肌肉的肌肉棒子。

換句話說，他是個笨蛋。

但實力是有保證的。

這位身經百戰的高手過去曾經和前任劍帝一起在戰場上闖蕩。

實力足以跟前任劍帝相提並論，甚至被譽為劍聖。

明明跟我一樣都老大不小了，卻還沒退休，守護著北方的要塞。

雖然那是貴族們的安排下，不希望平民出身的紐托斯接近權力中樞，反正這傢伙腦袋不好，在前線揮劍可能更適合他吧。

他這次被指派為巨魔討伐行動的負責人，跟我一起來到這裡擔任指揮官，但他是個笨蛋，根本不懂怎麼指揮部隊。

「那妳就去乖乖挨揍吧！」

「為什麼會變成這樣？」

紐托斯抓住躲在他背後的徒弟二號，把她推到我面前。

嗯。果然是笨蛋。

「算了。對了，紐托斯，你能不能再小聲一點？我的耳朵痛到不行。」

「唔！聲量這種東西到底要怎麼把它變小？」

……算了。

即使他是這種笨蛋，也還是深受前線的士兵們愛戴，這世上難以理解的事情還真多。

正當我感到傻眼時，負責傳令的士兵跑過來，告訴我們所有士兵都就定位了。
「嗯。看來大家都準備好了。」
「正是！只要有在下的劍技與羅南特大人的魔法，區區巨魔根本不足為懼！為了那些戰死的同胞，一定要讓那傢伙成為我的劍下亡魂！」
雖然紐托斯有些熱血過頭，但只有這次我完全贊同他的看法。
只要由紐托斯打頭陣，我專心躲在後方攻擊，都能戰勝大多數的敵人。
問題在於，那隻巨魔不見得是一般的敵人。
「徒弟二號。你還記得那隻巨魔的特徵嗎？」
「嗯。我都記得。」
「那我們就來複習一下吧。妳說說看普通巨魔的特徵，還有這次那隻巨魔的特徵。」
聽到我這麼一說，徒弟二號用疑惑的眼神看了過來。
「怎麼了嗎？」
「雖然我覺得應該不太可能，但老師你該不會已經忘記我們在公會裡聽到的情報了吧？」
「開什麼玩笑。我怎麼可能會忘記。忘記的人不是我，而是這傢伙。」
我指向紐托斯，徒弟二號露出豁然開朗的表情。
紐托斯本人正一臉認真地交叉雙臂。
但就只有表情認真，他顯然已經忘記在公會裡聽到的情報了。

畢竟這傢伙的腦袋裡裝的是肌肉。

就算聽到別人的說明，也是左耳進右耳出。

就算那是冒險者公會犧牲了許多冒險者，才好不容易得到的情報。

「呃～首先是普通巨魔的特徵，但其實沒什麼值得一提的地方。那是一種人型魔物，每個個體的智力都不同。只不過，絕大多數的個體智力都只有人類的三歲兒童左右。頂多只會說些簡單的話語，或是揮舞武器而已。下位種族的體格與成年男性差不多，之後越是進化，體格就會變得越大，一旦進化成上位種族——巨魔王，身高甚至會達到人類的兩倍。一如外表所見，其能力值屬於力量型，速度並不是很快，但一擊的威力非常驚人。雖然人型魔物通常會隨著個體不同，而有著魔法等讓人意想不到的技能，但那是非常罕見的例外。絕大多數的巨魔都過著群居生活，很少會離開自己的地盤。嗯～大概就是這樣了吧？老師，這樣就可以了嗎？」

「嗯。」

我肯定徒弟二號對於巨魔的解說。

大致上都正確。

「那妳接著就以此為基礎，說明一下這次那隻巨魔的特徵吧。」

「要以此為基礎……可是那隻巨魔真的是巨魔嗎？那傢伙已經不能算是巨魔了吧？」

嗯。雖然我也是這麼想的，但還是需要替某人說明一下。

「據說那隻巨魔不但擁有好幾個特殊技能，智力似乎也相當高。目前已確認到的特殊技能效果，是突如其來的完全恢復。不光是身上的傷，似乎就連魔力與氣力都會恢復。接著是暫時性的爆發性提升能力值。雖然持續時間似乎很短，但要是配合著剛才提到的恢復能力來使用，就會非常難對付。最後這個才是重點，那傢伙可能擁有能夠製造魔劍的技能。」

「妳是說魔劍嗎？」

紐托斯只對魔劍兩字有所反應。

話說回來，這傢伙明明已經在公會裡聽過同樣的說明。

他當時也做出同樣的反應，但看來他已經忘記這件事了。

「沒想到巨魔居然擁有魔劍！看來可以跟在下的愛劍一較高下了！」

紐托斯的劍也是魔劍。

他可能就是因為這樣才燃起對抗心吧……

「事情可沒有那麼單純。牠不是持有魔劍，我要說的是牠可能擁有製造魔劍的技能。」

雖然光是巨魔擁有魔劍就已經很令人驚訝了，但如果牠還擁有製造魔劍的技能，那可就是前無古人了。

「唔！這到底有什麼差別？」

「差別可大了。」

只是持有魔劍，跟擁有製造魔劍的技能，是完全不同的兩件事。

首先，如果對方只是持有魔劍，那我們只需要防備牠持有的魔劍的能力就夠了。

雖然魔劍這種東西肯定是強大的武器，但能力是固定的。

只要知道能力，就多得是對付的辦法。

可是，如果對方能夠任意製造出魔劍，而且還能自由變更其能力的話，事前情報就會派不上用場。

根據我們事前得到的情報，對方同時拿著炎之魔劍與雷之魔劍，但實際情況可能有所出入。

這就表示我們無法預測對方會如何發動攻擊。

此外，如果對方擁有製造魔劍的技能，就表示牠擁有好幾把魔劍。

光是一把都不好對付的魔劍，要是還有好幾把的話，就足以構成一大威脅。

而且對方甚至還能把那些難以應付的魔劍當成消耗品來用。

畢竟不管要多少都能製造出來。

事實上，先前挑戰巨魔的冒險者們，就是被一種會爆炸的魔劍殺得全軍覆沒。

所謂的魔劍，原本是一種貴重的武器，當成消耗品來用並不划算，但如果能夠任意製造出魔劍，就能夠採用這種戰法了。

不但擁有各式各樣的魔劍，還能毫不吝惜地把那些魔劍用過就丟。

實在是個強敵。

「這樣你明白了嗎？嗯，看來你還是不明白。」

雖然我說明了能夠製造魔劍的技能有多麼危險，但聽完說明的紐托斯卻頭頂冒煙低聲沉吟。

我覺得自己沒有說得很複雜，但看來對笨蛋來說還是太難懂了。
「簡單來說，就是對方很厲害啦。」
「嗯！在下完全明白了！」
我看是根本不明白吧……
「那麼，我們來確認作戰內容吧。」
我放著紐托斯不管，將視線移向徒弟二號。
徒弟二號看出我的眼神的意思，開始說明作戰行動的概要。
「沒問題。這次的作戰行動很單純。為了讓巨魔無法逃走，我們會派士兵展開包圍網。先用一發強力的魔法轟得牠屁股開花，然後大家再一起圍上去揍死牠。」
嗯，很好，內容都是正確的。
雖然內容正確，但我覺得可以說得更文雅一些。
之所以要先使出廣範圍魔法，是為了處理掉那種把先前去挑戰的冒險者們解決掉大半的爆炸魔劍。
據說那種魔劍都埋藏在土裡，一旦踩到就會爆炸。
根據我們的推測，那種魔劍應該是只要承受一定程度的重量就會爆炸。
這是犧牲許多冒險者的生命換來的重要情報。
雖然不曉得對方手中還握有多少張王牌，但為了確實擊潰其中一張，我們才會如此布局。

至於冒險者們的犧牲是否值得，恐怕很難說是值得的，但這依然是他們賭命換來的情報。

就讓我們心懷感激地充分活用吧。

「事情就是這樣，老師，那就麻煩你了。」

「妳在說什麼傻話？那是妳的工作吧？」

「咦？」

徒弟二號就這樣愣了一下，然後才緩緩指向自己。

我默默地點了點頭。

「什麼！你居然叫我去？」

有必要這麼驚訝嗎？

不就是用魔法把附近一掃而空而已嗎？

「不行啦！我辦不到！」

「小妹妹！還沒動手就放棄可不是好事！要是連試都不試，就算是辦得到的事情，也會變得辦不到！」

紐托斯難得說了句正經話。

紐托斯說得對，我並不打算刁難徒弟。

我是認為徒弟二號辦得到才這麼說。

「妳就試試看嘛。別擔心，就算妳失敗了，我也只會大聲爆笑而已。」

「老師，你這人真是爛透了！」

「應該是棒透了才對吧。」

雖然徒弟二號之後又鬧了一陣子的脾氣，但也許是明白我無意退讓，便一邊碎碎唸一邊開始建構魔法。

嗯。徒弟二號選擇的是暴風魔法中的空落。

那是一種把空氣彈砸在地上的廣範圍攻擊魔法。

因為殺傷力不高，只能拖緩大軍行進的速度，所以是一種不太受歡迎的魔法。

但如果是由我這種程度的魔法師來施展，就能發揮出足以壓死對手的威力。

然後，這種魔法最優秀的地方，就在於攻擊範圍很大，但消耗的ＭＰ很少。

如果還在成長的徒弟二號，想要完全覆蓋巨魔躲藏的森林，就沒有比這更合適的魔法了。不錯的判斷。

只不過，那種緩慢的建構速度與不夠完善之處，證明她的技術還有待加強。

徒弟二號花了許多時間完成魔法，然後發動魔法。

經過壓縮的空氣彈擊中地面，引發了局域地震。

位於魔法範圍內的樹枝全被折斷，積雪也被捲到空中。

下一瞬間，現場發生了有別於空落的魔法效果的巨大震動。

那是紐托斯的叫聲所無法比擬，真的會讓人以為自己會耳聾的巨大聲響。

徒弟二號的空落沒能折斷的樹幹都被炸飛，白雪被爆炎吞沒消失。

彷彿火系大魔法發動般的光景在我們眼前上演。

「這可真是……」

傻眼與讚嘆在心中交織，我忍不住小聲呢喃。

徒弟二號的空落似乎照著原本的計畫，成功引爆了巨魔事先設置好的爆炸魔劍。

但我沒想到會引起這麼大的爆炸。

到底要引爆多少把魔劍，才能造成這種大慘劇？

真是的，要是我們毫無準備就衝進去，恐怕就會重蹈那些冒險者的覆轍了。

看來我們得多加小心。

徒弟二號目睹這樣的光景，整個人雙腿無力，癱坐在地上。

不過，她會癱坐在地上，有一半應該是因為耗盡魔力而感到疲累吧。

「現在正是大好機會！全軍突擊！」

在爆炸停下來的瞬間，紐托斯的叫聲響徹周圍。

雖然比不過剛才的巨響，但是在附近展開包圍的士兵們，應該都聽到他的聲音了吧。

士兵們立刻動了起來。

話雖如此，既然士兵們聽得見，就表示巨魔也聽得見。

對方肯定也展開行動了。

「紐托斯，我們兩個也上吧。徒弟二號退到後面去。」

「嗯！」

「了解。」

紐托斯與我帶著士兵們衝向前方。

徒弟二號的魔力所剩不多，為了讓她脫離戰線，我叫她退到後方。

我們憑藉氣息前往巨魔可能躲藏的地方。

因為剛才的爆炸，腳下的地面都被翻了起來，倒在地上的樹木擋住去路。

我們小心翼翼地越過那些障礙物，緩慢但確實地逼近目標。

「唔！」

可是，對方也不可能眼睜睜看著我們接近。

飛過來的某種東西刺進我們前方的地面。

「是魔劍！」

一如紐托斯所說，那東西是一把魔劍。

「小心爆炸！避開那把劍前進！」

紐托斯向周圍的人下達指示，聽到指示的士兵們準備繞過刺在地上的魔劍繼續前進。

可是，我有種不好的預感，對刺在地上的魔劍發動了鑑定。

「不行！快退下！」

我大聲吶喊與另一把魔劍飛過來刺進地面這兩件事，幾乎是同時發生。

然後，士兵們還來不及做出反應，眼前就發出一道強光。

「太遲了嗎？」

看到倒地不起的最前排士兵們，我知道自己太晚警告他們了。

刺進地面的魔劍不會爆炸。

那把魔劍的效果是雷電。

能夠在兩把魔劍之間放出強力的電擊。

走在最前排的士兵們都被那種電擊擊倒了。

周圍飄散著人體燒焦的臭味。

看樣子直接被雷電擊中的士兵們都當場斃命了。

這威力還真是可怕。

此外，這種魔劍的可怕之處還不只是這樣。

以這兩把魔劍為起點，一道雷壁聳立在我們面前。

那道威力足以讓士兵瞬間斃命的電流並沒有停止消失。

而且又有新的魔劍飛了過來。

新的魔劍刺進稍微遠離第一把魔劍的地方，雙方連結起來，建立起另一道新的雷壁。

之後也接連飛過來好幾把魔劍，製造出速成的防壁。

那是威力足以讓士兵當場斃命的雷電防壁。
如果我們想要隨便硬闖，也只會徒增犧牲者。
話雖如此，但我們也不能毫無作為袖手旁觀。
「唔！讓在下去把那些劍拔起來吧！」
「別鬧了。就算是你，碰到那種東西也無法全身而退。」
就在我忙著攔住準備衝向放電魔劍的紐托斯時，又有新的魔劍越過雷電防壁飛過來了。
跟剛才不同，那把魔劍很明確地正飛向我們。
「糟糕！」
我趕緊建構魔法，朝向魔劍施放出去。
我用自己最擅長的火系魔法射出的火球與魔劍在空中互撞，引發了大爆炸。
幾名士兵因為爆炸的衝擊力倒在地上。
幸好他們只是因為站不穩而倒下，沒有受到重傷，要是直接被爆炸波及，後果恐怕就不是這樣了。
飛過來的魔劍似乎跟埋藏在地下的一樣，都是會爆炸的魔劍。
真是難辦。
在被雷電防壁堵住去路的情況下，要是單方面承受那種爆炸魔劍的攻擊，那種威力肯定會重創我們。

我得想個辦法才行。

我定睛看向雷電防壁的後方。

在肉眼看不見的地方，我透過萬里眼看到了那隻巨魔。

巨魔正一手抓起魔劍，準備往這邊丟過來。

好大一隻。

巨魔手中的魔劍是尋常尺寸的長劍。

而那隻巨魔的身體大到讓魔劍看起來像是短劍。

巨魔種的身體會隨著每次進化越變越大。

由此可見，這隻巨魔經歷了相當多次的進化。

一直進化到號稱是巨魔種頂點的巨魔王為止。

巨魔大手一揮，把魔劍丟了出來。

我再次用魔法迎擊，目睹爆炸的士兵們發出哀號。

「別自亂陣腳！」

多虧有紐托斯訓斥士兵，戰線才沒有崩潰。

但如果繼續被敵人單方面攻擊，應該就會出現逃兵了。

我可不打算眼睜睜看著那種事情發生。

「我們一味挨打了這麼久，就算稍微嚇嚇對方也不過分吧。」

現在的我肯定正露出不懷好意的表情吧。
「事情就是這樣，紐托斯，去吧。」
「唔唔！」
我把手擺在紐托斯的肩膀上。
下一瞬間，紐托斯就當場消失了。
而他再次出現的地方，就是巨魔的眼前。
「唔！」
「什麼？」
紐托斯與巨魔同時發出驚呼聲。
我利用空間魔法發動了轉移。
靠著這一招，我無視於雷電防壁，直接把紐托斯送到巨魔身邊了。
雖然要事先跟紐托斯說一聲也行，但有可能會被敵人透過聽覺強化之類的技能聽到，考慮到這點，如果要對巨魔攻其不備，這麼做才是上策。
畢竟紐托斯是靠著野性的直覺過活。
比起用腦袋思考，身體會更快做出最好的行動。
如我所料，紐托斯只驚訝了一下，就立刻揮劍砍向巨魔。
紐托斯的劍逼近巨魔，巨魔收回伸出去的手，不去拿用來投擲的魔劍，改拔出插在腰際的魔劍，擋下了這一擊。

巨魔之所以不去拿用來投擲的魔劍，是因為牠知道用那把劍擋住攻擊會造成爆炸，連自己都會受傷。

牠在那一瞬間就做出判斷，冷靜地做出應對。

這傢伙果然不容小覷。

紐托斯的劍與巨魔的劍互相對抗，接著雙方同時被彈向後方。

然後，紐托斯與巨魔開始互砍。

巨魔操縱著手中的兩把劍，抵擋紐托斯的攻擊。

巨魔拿的是沒見過的彎曲單刃劍。

即使巨魔的巨大身軀讓那兩把劍看起來很小，但是跟紐托斯手中的長劍相較之下，尺寸看起來沒差多少。

雖然劍的尺寸與巨魔的體型有些不搭，但還不至於造成致命的破綻。

八成是因為進化太快導致體格改變，才會讓武器的尺寸與體型搭不上吧。

與之對抗的紐托斯靠著讓他被譽為劍聖的巧妙劍術，不斷格擋巨魔的雙劍。

雖然巨魔在攻擊次數上佔優勢，卻被紐托斯卓越的劍術玩弄於股掌之間，無法攻破敵人的防禦。

嗯。

既然能用單手劍跟紐托斯互砍，就表示純粹論臂力是巨魔較強。

因為使用雙劍，所以攻擊次數也是巨魔佔優勢。

不過，論技術紐托斯遠遠強過巨魔。

巨魔的動作有些生澀。

就好像是沒受過正式訓練的劍術外行人，只憑著直覺反應與人對決一樣。

不是好像，事實就是如此。

巨魔不可能接受過正式訓練。

這樣還能跟紐托斯打得難分難解，實在是太可怕了。

跟紐托斯不相上下啊。

紐托斯可是被譽為劍聖的劍士。

紐托斯儘管已經年邁，劍術仍沒有衰退，在前任劍帝銷聲匿跡的現在，是帝國最強的劍士，這點是無庸置疑。

而巨魔居然能跟那個紐托斯打得不分軒輊。

要是不趁現在設法解決掉牠，讓牠繼續成長下去，事情恐怕會變得無法收拾。

此外，根據我們在冒險者公會得到的情報，牠還擁有急速提升能力值與完全恢復這些未知的能力。

就算紐托斯現在能跟牠打成平手，也不該掉以輕心。

我發動土系魔法。

土槍從地面刺出，把插在地面的雷之魔劍推向上方。

魔劍剛好就刺在土槍的前端。

就在魔劍被土槍頂向上方的同時，以魔劍為起點的雷電防壁，也跟著被頂了起來。

「趁現在！從底下鑽過去！」

我放聲吶喊，同時用同樣方法處理其他魔劍。

只要這麼做，就算不用手去碰，也能處理掉雷之魔劍。

我用同樣的方法處理掉其他魔劍，不斷製造出能讓士兵們通過的通道。

士兵們從通道衝向巨魔。

不管那隻巨魔有多強，雙拳還是難敵四手。

如果牠跟那位大人一樣是那種跳脫常理的強者，那當然是另當別論，但實力只跟紐托斯不相上下的話，士兵們的助陣絕對會造成巨大的影響。

我當然也會助陣。

因為火與雷也是巨魔所使用的屬性，可以想見不會有太大的效果。

這麼一來，就得使用其他遠距離攻擊能力出色的屬性魔法，例如光。

我開始建構魔法。

我選擇了光屬性的下級魔法。

然後在照理來說威力不高，魔力消耗也不多的這魔法中，追加了多餘的魔力。

這是那群蜘蛛展現給我看過的魔力追加技巧。

雖然我花了超過兩年的歲月才學會這招，但我的辛苦不是毫無收穫，我的魔法技術因此大為進步。

我成功練成了即使是下級魔法，也能透過調整消耗的魔力，藉以提升威力的技巧。

而且魔法的發動速度跟以往幾乎沒有差別。

雖然還遠不及那位大人，但我仍與魔導的極致更近一步了。

我射出透過追加魔力提升威力的光系魔法。

光系魔法的優點，就是從發射到命中幾乎沒有時間差，容易擊中自己想要狙擊的地方。

拜此所賜，我能避開激烈活動的紐托斯，只讓魔法擊中巨魔。

光系魔法如我所想，射穿了巨魔的腳。

被魔法直接擊中，讓巨魔的動作變得遲鈍。

紐托斯沒有放過這個機會，果敢地揮劍砍過去。

巨魔揮舞右手拿著的劍，從劍尖噴出火焰。

然而，凶猛的火焰並沒有擊中紐托斯。

紐托斯手中的劍也是灌注了風系魔法的魔劍。

呼嘯的狂風擋住了火焰的進攻，將火焰吹散。

不但如此，紐托斯還順勢穿過火焰砍向巨魔。

巨魔用左手的魔劍擋住這一擊。

左手上的那把魔劍射出雷電。

紐托斯整個人都被轟飛出去。

不過，這種程度的攻擊還殺不死那傢伙。

成功擺脫紐托斯的巨魔在瞬間露出破綻，被我的魔法再次擊中。

這次是威力比剛才更強的魔法。

巨魔的腦袋被擊穿了。

就算那傢伙再厲害，頭部被破壞也不可能還活著。

巨魔的身體傾向一邊。

在倒下的同時，牠丟出手中的魔劍。

雖然是最後的掙扎，但雷之魔劍直接擊中進逼的士兵，奪走了士兵的生命。

真是個倒楣的士兵。

不過，這樣一切就結束了。

但巨魔在下一瞬間全身發光後站了起來。

頭部被我射穿的傷口也消失了。

我的天啊！

我是聽說過牠擁有完全恢復的能力，那種能力連致命傷都治得好？

情況不妙。

我們現在等於是在對付不死身的怪物。

如果連頭部被射穿都來得及復原，那就只能把牠打到粉身碎骨，連再生的時間都不能給牠。

這麼一來，如果使用下級魔法，就算追加魔力也不會奏效。

如果不是使用追加了魔力的上級魔法，就無法解決這個敵人。

我辦得到嗎？

下級魔法的魔力追加術，我有信心做到近乎完美的地步。

但換成上級魔法的話，我就不敢保證了。

如果要一擊轟飛巨魔的巨大身軀，就只能使用我最擅長的火系最上級魔法——獄炎魔法了。

獄炎魔法原本就是難以掌控的大魔法，卻還要追加多餘的魔力。

即使是現在的我，這也依然是極為困難的事情。

更何況，獄炎魔法本來就不是一個人就能發動的魔法。

那是得由好幾名魔法師透過聯手合作的技能同時建構術式，才有辦法施展的魔法。

徒弟二號常說能夠獨自發動那種魔法的我不是人類，但沒想到我現在還得挑戰極限，對那種大魔法追加魔力。

可是，如果我辦不到，就無法擊敗巨魔。

那我就放手一搏吧！

「嗚！」

巨魔發出呻吟。

牠似乎與發動萬里眼的我對上視線了。

唔！糟糕。我被盯上了嗎？

「紐托斯！幫我拖住牠！」

「在下明白！」

要是在建構魔法時被襲擊，我恐怕會毫無招架之力。

我向紐托斯下達指示，要他壓制住巨魔，而紐托斯也做出回應，朝向巨魔衝了過去。

士兵們也一併跟進，為了讓巨魔無路可逃，從四面八方慢慢縮小包圍網。

如果是紐托斯的話，就有辦法爭取到能讓我完成魔法的時間。

即使那隻巨魔擁有那麼強大的恢復能力，要是被追加魔力的獄炎魔法直接擊中，也不可能不死。

這樣就結束了！

「吼喔喔喔喔喔喔！」

我的盤算被巨魔的咆哮粉碎了。
不同於先前那種隱約有人類心機的舉動，那是有如野獸般令人震耳欲聾的咆哮。
變化還不是只有這樣。
巨魔還散發出一股跟剛才顯然不同的壓迫感。
這種壓迫感……就跟我過去在艾爾羅大迷宮裡遇到的那些地龍一樣！
不，甚至還要更強！
根據我們在冒險者公會裡得到的情報，這隻巨魔疑似擁有三種特殊能力。
一種是製造魔劍的能力。
一種是完全恢復的能力。
而這是最後一種能力，也就是能力值的爆發性提升！
已知的魔鬪法和氣鬪法確實無法解釋巨魔為何會出現如此劇烈的變化。
因為我不是用肉眼，而是透過萬里眼觀察，所以無法進行鑑定。
因此，我無從得知巨魔的能力值到底提升了多少。
然而，從這種感覺看來，紐托斯他們應該都不是巨魔的對手。
不但如此，就連我也拿牠沒辦法。
可是，我們不能就此退縮！
雖然這可能是無謂的掙扎，但我還是要用這發獄炎魔法給牠好看！

「唔！」

可是，結果我沒能發動魔法。

因為在我發動魔法之前，巨魔就轉身逃走了。

巨魔完全不理會在外側包圍的士兵，在他們反應過來之前，就從他們身旁鑽了過去。

用肉眼看不到的速度。

「牠……逃跑了？」

我茫然地望著巨魔逃跑的方向好一陣子。

不光是我，士兵們也是一樣，看起來有些困惑。

「唔！雖然是敵人，但牠跑得還真快，佩服佩服！」

紐托斯的感想讓我們回過神來。

紐托斯把他的愛劍——風之魔劍收回劍鞘。

這場戰鬥至此宣告結束。

紐托斯也明白了——

我們不可能繼續追擊。

巨魔為何逃走，原因我不太清楚。

可是，不管牠逃走的理由為何，我們都追不上那雙快腿，即使追上了我也無法保證能打贏。

那隻巨魔的能力太過異常了。

也許即使冒著危險，我也應該用肉眼看看那傢伙，對牠發動鑑定才對。
就算只有一部分，如果能夠查明那種未知能力，或許就能找出某種對策。
「接下來，該如何是好？」
直接追擊太危險了。
可是，也不能放著不管。
更何況我已經告訴夫人，說要替布利姆斯報仇了。
我的自尊不允許我違背那個約定。
「先重整部隊，改天再想辦法追擊吧。」
「沒那個必要。」
有一道聲音回答了我的自言自語。
一名黑衣人在不知不覺間跪在我身後。
居然能在不被我發現的情況下，來到這麼靠近我的地方？
這傢伙到底是何方神聖？不，底下擁有這種人才的組織並不多。
想到這裡，這傢伙的真實身分也就呼之欲出了。
「是神言教的走狗嗎？」
「正是。」
即使被我稱作走狗，那傢伙也沒有否認。

那種不帶一絲情感的聲音，就跟遮住他臉孔的黑布一樣高深莫測。

神言教底下有個祕密組織。

據說這個地下集團專門負責暗中解決掉異端分子，或是混進人族中的魔族。

而這個只存在於傳說中的組織，在我身旁現身了。

「那麼，你這走狗找我有何貴幹？」

「我希望您能把那傢伙交給我們來處理。」

面對我的問題，祕密組織的人直截了當地提出要求。

也就是說，他希望我們把那隻巨魔交給他們處理？

「這裡可是帝國領土。你明知道這點還敢這麼說？」

我瞪著祕密組織的成員，並提醒他別國的人不該在此肆意妄為。

即使神言教在世界各國都有著強大的影響力，干預我們這支國家正規軍的行動，也會造成很大的問題。

干預他國內政——視情況而定，這可能會演變成國家之間的紛爭。

「當然明白。」

但我得到的回答，卻是對方明知後果的情況下如此提議。

換句話說，神言教有著讓他們不惜做到這種地步的理由。

祕密組織的成員本不應該在人前現身，也許他們像這樣前來詢問我的意見，就是神言教表達誠意的方式。

如果這些傢伙憑藉著他們隱密行動的能力，應該也能在不被我們發現的情況下達成目的吧。

這麼看來，我在這時拒絕他們的要求，也無法確定這些傢伙到底會不會就此收手。

畢竟就算這些傢伙暗中做了什麼，我們也無從得知。

「你們打算怎麼處理那傢伙？」

「我保證不會傷害到帝國的利益。」

對於我的問題，祕密組織的人有些答非所問。

雖然不能告訴我要怎麼處理巨魔，但至少不會傷害到帝國的利益是嗎？

「……好吧，我明白了。就交給你們處理吧。」

「感謝您的諒解。」

我忍痛接受了神言教的提議。

就算我在這時拒絕，也無法保證這些傢伙不會擅自行動。

更重要的，是光憑我們的力量很難解決掉那隻巨魔。

牠不但擁有那種驚人的恢復能力，還有著可能不下於地龍的能力值。

既然牠逃跑了，就表示那些能力或許存在著某種限制，但我不能懷著一廂情願的想法行動，害得部隊陷入絕境。

我不能讓在艾爾羅大迷宮裡犯下的過錯再次重演。

……抱歉了，布利姆斯。

雖然我想親手替你報仇，但這個願望看來是無法實現了。

如果神言教願意代替我們完成這件事，就算心有不甘，我也還是應該退讓吧。

「我再提醒一次，你們行動時務必切記，這裡是帝國領地，明白了嗎？」

「明白。」

聽到我的警告，祕密組織的人立即回答了我。

我現在也只能相信這人的承諾了嗎？

「此外，我還有個不情之請，某位大人目前正暫住在那座城鎮，雖然冒險者公會可能會拜託您出面解決跟那位大人有關的事情，但請您千萬不要插手此事。」

嗯？

祕密組織成員提出了跟剛才完全無關的要求。

比起剛才提出跟巨魔有關的要求時，感覺他更加拚命了。

從他說了這麼一大串話，就能清楚看出這個事實。

「你這話是什麼……」

「唔！來者何人？」

就在我正準備把事情問清楚的瞬間，紐托斯的宏亮聲音打斷了我。

看向聲音傳來的方向，紐托斯正朝向這裡衝了過來。

在旁人眼中，一身黑衣的祕密組織成員可說是可疑至極。
也難怪看到可疑人物的紐托斯會臉色大變。
「那就萬事拜託您了。」
「喂，站住！」
無視於我的制止，祕密組織成員就這樣消失了。
身手真是俐落。
「羅南特大人！你沒事吧？」
「嗯，我沒事。等到事情平息下來，我再把詳細情況告訴你。」
在對迅速趕來的紐托斯感到有些不耐煩的同時，我邁開腳步，準備重新召集士兵。

# 鬼3　混亂的鬼

「哈啊！哈啊！」

呼出的白氣飄向後方。

我沒有回頭確認白氣的去向，全神貫注地奔跑。

我太天真了。

我不認為自己有疏忽大意，也不認為自己有小看敵人。

而且我反倒在焦躁感的驅策下做足了準備。

即使如此，我還是太天真了。

現在像這樣狼狽逃跑就是最好的證據。

自從擊退了那群冒險者後，我一直在準備迎接下一場戰鬥。

如果要用一個詞來形容上次那場戰鬥，那就是蹂躪。

因為事前做足了準備，在萬全的狀態下迎擊敵人，所以一切都照著我的計畫進行。

不過，如果問我是不是輕鬆取勝，答案是否定的。

我反倒是贏得非常驚險。

事先準備好的魔劍全數耗盡，我也是拚盡全力戰鬥，才好不容易擊退敵人。這才是那場蹂躪的真相。

在那些被擊敗的冒險者眼中，事情可能並非如此，但其實我也陷入了苦戰。

要不是有著等級提升就能完全恢復這種特性，我恐怕早就被擊敗了吧。

正因為對方人數眾多，實力也不差，我才能得到大量經驗值，順利提升等級。

因為這樣才能戰勝，其實是件頗為諷刺的事。

只不過，前提是對手的實力必須比我弱。

如果是一對一也能確實戰勝的對手就算了，但萬一對手比我強大，我就無法試著利用擊敗對手來提升等級恢復體力了。

因為我無法擊敗對方。

而我無法斷言那種對手不存在。

即使真的不存在，只要有幾名能跟我打得不相上下的強者聯手對付我，我的勝算就會降低。

正因為如此，我才必須做好準備。

只要還有ＭＰ，我就會不斷製造魔劍。

要是ＭＰ耗盡，我就鍛鍊自己的刀法。

在之前那批冒險者中，有一位劍士成功殺到我面前。

如果他沒有在衝過來的過程中受傷，我可能就有危險了。

我的能力值偏重於魔法系。

因為鍊成魔劍需要用到ＭＰ，所以我的魔法系能力值比較高。

物理攻擊力與防禦力比我的壯碩外表看起來還要低。

在跟那群冒險者一戰時，我再次進化，變成了巨魔王。

也許是因為種族特性，我的物理系能力值比起進化前提升了相當多。

由於我的魔法系能力值側重於製造魔劍這方面，所以在實戰中可說是毫無用武之地。

因此，我只能靠著偏低的物理系能力值戰鬥，幸好目前為止都還足以讓我度過難關。

因為我的物理系能力值即使偏低，也還是高過那些冒險者。

此外，把鬪神法這個能夠大幅提升物理系能力值的技能練到封頂，也是一項重要因素。

一旦我發動鬪神法，絕大多數的對手都能戰勝。

然而，我猜那位殺到我面前的冒險者，應該有跟我差不多，或甚至是更強的能力值。

如果能力值差不多，那勝敗就取決於純粹的技術了。

關於技術這部分，我知道自己比不上那位冒險者。

我在揮劍技巧、刀法、虛實……等等這些方面全都比不上那名冒險者。

即使如此我還能戰勝，都要歸功於那名冒險者已經負傷，以及等級提升後的完全恢復。

就算只有一點也好，我得鍛鍊自己的技術，讓自己不用依靠那些優勢也能戰勝敵人。

因為我不認為那名冒險者是這個世界最強的人。
要是有更強的人類來襲，我就會被幹掉。
雖說上次那場戰鬥讓我提升等級，經過進化變得更強了，也還是不能掉以輕心。
我必須做好準備，以萬全的狀態迎戰接下來的對手。

然而，我事先做好的準備，幾乎都被輕易破壞掉了。
敵人八成用了某種廣範圍攻擊魔法，把地雷劍連同附近這一帶一起掃平。
我為了阻止敵人前進而設置的雷柵劍，也被對方用傳送這種跟犯規沒兩樣的方法突破，甚至連插著劍的地面都被掀了起來。
而藉此殺到我面前的，是一名比之前那位冒險者強上許多的老騎士。
儘管隱藏在頭盔底下的是一張充滿皺紋的老人臉孔，其劍法的犀利程度與力道卻絲毫沒有衰退的跡象。
幸好我有在與上次那些冒險者一戰後得到教訓，練習了劍法。
若非如此，我的身體應該會被輕易斬成肉塊吧。
他是個劍術高手。
而且還是實戰經驗豐富的強者。
單純比力量的話，是發動了鬪神法的我占上風。

可是，技術與經驗上的差距抵銷了我的優勢。

即使身處在連一瞬間都不能鬆懈的狀況下，我卻不能只專心對付這名老騎士。

因為利用傳送把老騎士送過來的魔法師，也躲在遠方用魔法狙擊我。

無計可施的我被兩位老人逼入絕境，還一度被射穿腦袋，到鬼門關前走了一回。

我在幾乎失去意識的情況下丟出刀子，幸運地擊中並殺死一名士兵，而且還幸運地剛好提升等級，成功發動恢復能力，才得以撿回一命。

運上加運，可說是超級好運。

要是其中有個環節出錯的話……

這麼一想，我就覺得背脊發涼。

我現在還能像這樣活著，都是因為運氣好。

就連我能成功逃跑，也是因為運氣好。

我的意識差點就被殺意徹底佔據。

我拚命忍住了那股衝動，讓自己保持理智。

因為我有預感，要是我無法保持理智，就會發生無法挽回的事情。

我只能勉強保持理智。

如果我逃跑時沒能守住僅存的一絲理智，任憑狂暴的激情控制自己，恐怕會無謀地衝向敵人吧。

如果是在那種狀態下，即使對手是那位老騎士與老魔法師，我應該也能打贏。
不過，就算打贏了，等待著我的也只有滅亡。
沒問題。
我還可以。
我還能像這樣冷靜下來思考。
我還沒瘋……
「哈啊！哈啊！」
我開始喘不過氣，就此停下腳步。
因為我不顧一切拚命狂奔，才會喘不過氣，雙腿也癱軟無力。
不過，只要跑到這裡，應該就沒事了吧。
畢竟我已經跑了相當遠，敵人應該不至於追到這裡才對。
正當我鬆了口氣時，一道光線劃過了我的臉頰。

「！」

被輕輕劃傷的臉頰流出了少許鮮血。
在感到疼痛之前，我轉頭看向光線射過來的方向。

剛才射穿我腦袋的老魔法師就佇立在那裡。

「什麼！」

我只在一瞬間啞口無言，馬上就想到老魔法師出現在這裡的理由。

對了。

這位老魔法師有著傳送這種犯規級的能力！

不管我怎麼逃跑，要是他無視距離發動傳送，我就會被追上。

瞥了目瞪口呆的我一眼後，老魔法師高舉手中的杖。

「嗚、嗚哇啊啊啊！」

我壓抑不住從背脊竄上來的寒意，一邊喊叫一邊拔腿就跑。

不是平時那種令人情緒激昂的怒火，而是彷彿讓人身體凍結般的恐懼湧上心頭。

面對能夠使用傳送的魔法師，就算逃跑也沒用吧。雖然腦海中有一道冷靜的聲音這麼說，但從心底湧出的恐懼蓋過了這樣的聲音。

我無法理清思緒，只是憑著本能逃跑。

我拚命移動疲勞的雙腿，無視於紊亂的呼吸不斷奔跑。

哈啊……哈啊……也許是因為我反覆吸入又吐出冰冷的空氣，胸口附近有些疼痛。

側腹也在痛，腳也快要抬不起來。

即使如此，我還是一直逃跑。

光線從背後射了過來。

那道光線沒有擊中我，射中了不遠的地面。

我想起剛才腦袋被射穿的感覺，雙腿動彈不得。

只不過，要是我就此停下腳步，這次就真的死定了，於是我擠出僅剩的一絲體力繼續奔跑。

《熟練度達到一定程度。技能「恐懼抗性ＬＶ３」升級爲「恐懼抗性ＬＶ４」。》

《熟練度達到一定程度。技能「外道抗性ＬＶ５」升級爲「外道抗性ＬＶ６」。》

雖然我在逃跑的過程中聽到這樣的聲音，卻沒有心情思考其中的意義。

我不知道自己跑了多久。

因為我早已感覺不到時間，也許是幾分鐘？幾小時？抑或是跑了超過一整天？

在搞不清楚答案的情況下，我漫無目的地不斷逃跑。

在焦躁感的驅策下，一直跑到體力耗盡為止。

然後，當我終於跑不動了的時候，光線又再次射了過來。

然後我再次回頭一看。

又看到那位老魔法師。

無法擺脫的恐懼再次襲來，我拖著腿繼續逃跑。

同樣的事情反覆上演。

不管我逃到哪裡，不管我跑了多遠，那名老魔法師總是跑到我的前面。

我逐漸因為疲勞而失去思考能力，變得無法理清思緒。

《熟練度達到一定程度。技能「恐懼抗性ＬＶ４」升級爲「恐懼抗性ＬＶ５」。》

《熟練度達到一定程度。技能「外道抗性ＬＶ６」升級爲「外道抗性ＬＶ７」。》

不知道自己該逃到什麼時候的恐懼，被不知何時湧上心頭的怒火蓋過了。

我為什麼要逃跑？

對手只有一個人。

老騎士並不在場。

既然如此，那我應該殺得掉他不是嗎？

一直逃跑讓我覺得很累，被人逼到這種地步令我感到氣憤，對做出這件事的元凶感到憤怒。

沒錯。

我不需要逃跑。

既然對方窮追不捨，那只要殺掉他就行了。

我停下腳步。

光線在同一時間向我襲來。

那道劃過我身體的光線，已經不像剛才那麼令我畏懼。

驅使著我的動力，就只剩下遠遠凌駕在其上的憤怒。

「吼喔喔喔喔喔喔喔！」
我大聲怒吼，朝著現身的老魔法師衝了過去。
「！」
老魔法師的表情沒有變化。
不過，我知道對方輕輕地倒抽了一口氣。
我讓炎刀冒出火焰，揮刀砍向老魔法師。
老魔法師沒能躲開我的斬擊，用身體硬吃了一劍。
「啊？」
可是，我明明確實砍中了老魔法師的身體，卻像是砍到空氣一樣，完全沒有砍到的感覺。
我差點就因力道的勢頭過猛往前倒下。
重心不穩地踩了兩三步後，我整個人撲向前方。
然後就這樣直接穿過老魔法師的身體。
「咦？」
我一時之間無法理解發生了什麼事情。
眼前的老魔法師彷彿像是一道幻影，讓我的身體與攻擊都直接穿了過去。
等等，不對勁。
難不成不是彷彿，而是事實嗎？

是幻影？

我立刻回頭一看，結果完全找不到老魔法師的身影。

慌張地環視周圍後，我在離老魔法師剛才所在位置不遠的地方，發現了一位黑衣人。

那人就像是忍者一樣，穿著一身黑衣。

那身裝扮完全沒有露出肌膚，讓人看不出是男是女，甚至連是不是人類都看不出來。

「恐懼失效。幻影不完全失效。」

黑衣人用不帶感情的聲音如此說道。

那句低語讓我大致明白自己剛才被人動了什麼手腳。

幻影與恐懼——

對方先是讓我看到被老魔法師追殺的幻影，接著又為了避免露出馬腳，使用了能讓人陷入恐懼的技能。

以電玩來說的話，就是被人上了好幾種異常狀態。

只要搞懂原理就一點都不可怕，但實際遇到這種攻擊，我才明白這種組合技的可怕之處。

原來還有這種戰鬥方式啊。

可是，比起內心的佩服，湧上心頭的怒火更為強烈。

我對被這種把戲玩弄，一直逃跑的自己感到憤怒。

更是對讓我遇到這種事的眼前這名黑衣人感到憤怒。

「吼喔喔喔喔喔喔喔！」

在怒火的驅使下，我揮刀砍向黑衣人。

但黑衣人用無視於體重的輕靈身法避開這一擊。

「撤退。」

簡短地丟下這句話後，黑衣人就一個轉身逃之夭夭。

「別想逃！」

我追著他的背影拔腿狂奔。

演出一齣立場跟剛才對調的逃亡劇。

我追著奔跑的黑衣人。

也許是因為速度幾乎一樣快，雙方的距離既沒有縮短，也沒有拉開。

黑衣人連一次都沒有回頭，也沒有停下腳步。

那背影來到了某個似曾相似的地方。

黑衣人突然停下腳步。

我毫不猶豫地揮刀砍向對方背部。

可是，我的攻擊直接穿過對方身體，因為來不及收刀而砍中地面。

我剛剛才體會過這種感覺。

這也是幻覺！

可惡，我被擺了一道！

在追逐的過程中，對方不知道在什麼時候把本體跟幻影掉包了。

也或許我打從一開始追的就是幻影。

被對方玩弄於股掌之間的事實，讓我咬緊了牙齒。

總覺得眼前被怒火染成了一片赤紅。

抬頭一看，我發現眼前有一群因為驚訝而瞪大雙眼的人。

而且仔細一看，這裡不就是那座村子嗎？

那個把我抓起來監禁的可恨村子。

我應該早就殺光這個村子的居民才對。

然而，這些人又是從哪裡跑出來的？

難以壓抑的怒火湧上心頭。

「吼喔喔喔喔喔喔！」

我無法違抗內心的怒火，揮刀砍向身旁的傢伙。

那人被炎刀砍中，斷成上下兩截的屍體起火燃燒。

看到他的慘狀，在場的其他人大聲喊叫。

他們在說什麼？

我明明聽得見那些聲音，卻無法當成語言加以理解。

那似乎不是我所學過的人類語言。

算了。

那種小事無關緊要。

既然人在這個村子，不管這些傢伙是什麼人都不重要了。

我只要殺光所有人就行了。

我揮刀砍向下一個人。

在此同時，一位小女孩衝了出來，大聲喊出某個名字。

「笹島同學！」

那是雖然懷念，但如今我的名字應該已經不可能會有人呼喚。

難道不光是幻覺，對方還能讓人幻聽嗎？

別用那個名字叫我！

我已經沒資格用那個名字自稱了。

笹島京也這名字是早已死去的人類。

為了擺脫幻聽，我朝著喊叫的小女孩揮下了炎刀。

# 閒話　教皇與祕密組織的對話

『那麼，你成功把巨魔引誘到妖精們所在的廢村了，對吧？』

「是。我用外道魔法把牠引過去了。」

『那巨魔的鑑定結果如何？』

「就跟您擔心的一樣。」

『……是嗎？果然是轉生者。』

「……這麼做好嗎？」

『就你觀察，你認為那傢伙有辦法溝通嗎？』

「不。」

『那就對了。就算對方是轉生者，只要與人族為敵，就是我的敵人。』

「遵命。」

『恐怕要對不起你兒子了。但是，這一切都是為了人族著想。』

「我想薩金也一定能夠理解吧。」

『這可難說。轉生者跟我們不一樣，是在毫無覺悟的情況下被送來這個世界的被害者。要是他知道父親害死了自己的同學，應該會很難過才對。這件事就保密吧。』
「遵命。」
『你有辦法從旁監視巨魔與妖精的戰鬥嗎？』
「沒問題。」
『是嗎？那你就繼續監視吧。看看巨魔能對妖精造成多大的打擊。』
「不，我剛才說得不夠清楚。其實戰鬥已經分出勝負了。」
『什麼？沒想到會這麼快。』
「一方面是因為妖精沒派出他們的隱藏戰力，但主要原因還是那隻巨魔的戰鬥能力太強。」
『聽你這麼說，是妖精戰敗了嗎？』
「是。除了疑似指揮官的傢伙，以及與他同行的妖精族小女孩之外，其他妖精都戰死了。就只有他們兩人發動轉移成功逃走。」
『指揮官與小女孩？』
「那是個金髮碧眼的小女孩。因為她是妖精，實際年齡很難估算，但外表就跟人類的兩三歲小孩差不多。不曉得她為何被派來這裡。看起來也不像是裝備著特殊的武器。只不過，她好像有大聲對那隻巨魔說了什麼。」
『沒辦法用讀脣術看出她說了什麼嗎？』
「因為距離很遠，她又是側對著我，所以我沒能全部解讀。」

『就算只有一部分或是推測的內容也行。』

「笹島同學，拜託聽我說……我是老……以上，就是我透過讀脣術解讀出來的內容。」

『我完全無法理解她到底說了什麼。不，等一下，難不成那是轉生者特有的語言……？』

「……」

『……就這麼下定論還言之過早了嗎？不，我果然應該如此認為展開行動才對。感謝你的報告。』

「應該的。」

『那麼，巨魔後來怎麼樣了？』

「開始朝向魔之山脈前進了。要追上去嗎？」

『魔之山脈……不，不用追了。』

「這樣好嗎？」

『巨魔的怒氣技能等級是多少？』

「……已經進化成憤怒了。」

『什麼！這樣啊。這是我能想到最糟糕的狀況了。既然如此，還是不該隨便追上去才對。後面的事情就交給在魔之山脈駐守的冰龍去處理吧。就算冰龍沒有出手，只要巨魔能跑到魔族領地就夠了。就算巨魔就這樣在魔之山脈定居也行。只要巨魔別回到這裡，就不需要隨便刺激牠。只不過，為了提防牠又跑回來，我要你在附近的城鎮繼續潛伏。』

「了解。」

『那就開始行動吧。對了，愛麗兒大人那件事也記得順便幫忙掩蓋一下。』

「我已經透過教會對公會施壓了。冒險者與帝國軍都不會對那位大人出手。」

『那就好。萬事拜託了。』

「了解。」

# 閒話　某位冒險者的後續

我望著手中的劍。

這把劍沒有劍鞘，劍身外露著被我握在手上。

這是一把有著平緩曲線劍身的單刃長劍，在以雙刃直劍為主流的這一帶，很少見到這樣的設計。

閃閃發光的刀身就跟藝術品一樣，甚至讓人懷疑這把刀是不是沒有斬不斷的東西。

光是拿在手上，就讓人覺得好像有股力量湧出來。

事實上，將這把劍交給我的羅南特大人也說過，這把劍有著好幾種能夠強化使用者的效果。

不但如此，據說還有能夠操縱雷電的效果。

即使在擁有特殊效果的魔劍之中，這也是特別厲害的一把魔劍。

光是這一把魔劍，就不曉得到底要花多少錢才買得到。

我猜，只要把這把劍賣掉，我這輩子大概就都不用賺錢了。

儘管得到了這麼厲害的魔劍，我的心情卻十分複雜。

「唉。」

不知不覺中，我嘆了口氣。
我真的有資格拿這把劍嗎……
「公會長，你要我別對那些人出手，是什麼意思？」
這是稍早之前發生的事。
我在公會裡如此質問公會長。
因為他下達了指示，要我別對幾天前出現在這個公會，疑似魔族的那群人出手。
「不知道。我只知道教會那邊來了這樣的通知。據說他們與教會交情匪淺，教會可以保證他們的來歷，叫我們不必擔心。」
「教會？」
我會發出疑惑的聲音，也是沒辦法的事。
為什麼信奉神言教的教會要幫那種可疑的傢伙背書？
「事情就是這樣。你千萬別亂來喔。」
「……我不能接受。」
「就算不能也得接受。因為那隻巨魔的緣故，這座城鎮的冒險者數量已經大幅減少了。要是在這種時候惹教會不高興會有什麼後果？教會可是我們公會的大金主耶。」
我明白公會長想說的話。

教會不是普通的宗教團體。

要眾人為了聽到神言而鍛鍊技能的神言教，是許多冒險者信仰的對象。

公會與教會因此建立起密切的關係，變成會互相協助的盟友。

在這種情況下，要是公會無視於教會的要求擅自行動的話會怎麼樣？

其他公會肯定不會給我們好臉色看，還有可能失去教會提供的資金。

本來就因為巨魔那件事搞到快要倒閉了，要是弄不好，這公會很可能會再也經營不下去。

與其讓事情變成那樣，還不如把造成糾紛的冒險者切割掉。

以目前的情況來說，那人就是我。

有責任保護公會的公會長會把教會的主張擺在我的主張之上，也是沒辦法的事。

雖然腦袋能夠明白這個道理，但如果問我能不能夠接受，答案是不行。

「有告訴帝國軍了嗎？」

「教會都已經說那些人沒問題了，你以為還能說嗎？」

「我想也是。」

要是公會把這件事告訴帝國軍，就等於是無視教會的要求。

「戈頓。我不知道你為何這麼在意那幫人，但教會已經替他們背書了。既然那些傢伙會這麼說，應該就不會有事才對。沒必要在那邊胡亂猜測，害自己惹禍上身。萬一真的出事了，反正我們已經提出警告，到時候過錯就在保證那些人沒問題的教會身上。到時候我們只要把責任都推給教會就行了不是嗎？」

公會長說得一點都沒錯。

只不過，我總覺得要是放著那些人不管，恐怕會鑄成大錯，無論如何都無法保持平靜。

就在這時，公會的大門突然打開，兩位老人出現了。

「打擾了。喔喔，公會長。我正要找你呢。」

他們是率領帝國軍前去討伐巨魔的羅南特大人與紐托斯大人。

「您回來了嗎！也就是說，您成功解決掉巨魔了對吧！」

公會長一臉開心地向羅南特大人搭話，但對方卻板起臉孔。

「關於這件事嘛。很遺憾，我們沒能成功解決巨魔。」

他們可是被譽為最強魔法師的羅南特大人，以及被譽為劍聖的紐托斯大人。

即使由這兩人率領軍隊出動，也沒辦法擊敗那隻巨魔嗎？

雖然有些難以置信，但羅南特大人也沒必要說謊。

「難、難道說，被牠逃掉了嗎？」

「嗯。詳情我們就換個能讓人靜下心來的地方說吧。」

「我明白了。那我帶兩位到樓上的房間。」

公會長與羅南特大人他們就這樣走向屋子裡面。

此時，公會長用意味深長的眼神看向我。

因為那眼神有點像是在瞪人，我想他八成是在警告我，要我別亂說話吧。

但羅南特大人接下來的行動，讓公會長的小動作變成白費力氣。

「嗯。不好意思，失禮了。」

事先通知一聲後，羅南特大人看向我。

下一瞬間，彷彿身體被人到處亂舔般的可怕感覺向我襲來。

雖然對此不是很熟悉，但我知道這是被人鑑定時的感覺。

「喔。實力還不錯。好吧。你也過來。」

雖然不曉得羅南特大人看上我哪一點，但我也被叫了過去。

無視於愣住的我和公會長，羅南特大人和紐托斯大人若無其事地先走了。

大人物的想法真教人搞不懂。

然後，在平常連我都沒進去過的公會長房間，我們從羅南特大人口中得知他們與巨魔對決時的戰況。

據羅南特大人本人所言，雙方應該算是打成平手。

要是巨魔沒有逃跑，雙方繼續打下去的話，不曉得結果會是如何？

老實說，我無法想像。

羅南特大人他們似乎也無法想像。

正因為如此，他們才會把巨魔交給後來出現的教會使者去處理吧。

又是教會……這是我聽到這些話時的感想。

雖然我以前對教會沒有什麼特別的想法，卻突然覺得他們非常可疑。

「不過，雖然那些傢伙有著許多內幕，但就只有能力是可以信任的。既然他們有辦法解決，就不需要擔心那隻巨魔的事了。」

不愧是長久以來一直支撐著帝國的大人物，羅南特大人似乎也有過不少跟教會交手的經驗。

既然羅南特大人敢如此斷言，那我們應該可以當作那隻巨魔已經被解決了。

「還有，關於你們剛才討論的問題，也就是教會要你們別出手的那群人，我覺得放著不管就行了。」

「……您都聽到了嗎？」

「別看我這樣，我的耳力還算不錯。還不需要別人在我耳邊大聲嚷嚷。」

有別於一臉嚴肅的公會長，羅南特大人露出了淘氣的笑容。

我們當時是在公會裡交談，而羅南特大人他們還在屋外。

連隔著牆壁都聽得見，他的耳力到底是有多好？

「總之，我們是不會出手的。正確來說，是無法出手。因為我們還得填補在這次事件中失去的冒險者們的空缺，以這座城鎮為中心，暫時把士兵配置在這裡負責巡邏工作。公會現在應該也缺乏人手吧？」

羅南特大人說得沒錯，因為討伐巨魔的行動失敗了，冒險者的人數也大幅減少。

一旦冒險者變少，討伐魔物、保護旅人、採集資源之類的工作都會陷入停滯。

而且不光是這座城鎮的冒險者，那場巨魔討伐行動還動用到了鄰近城鎮與村子的冒險者。

換句話說，這一帶目前很缺冒險者。

而帝國軍的士兵將會接替冒險者的工作。

「因為這個緣故，我們沒時間跟那種不確定有沒有危險的對手糾纏不清。如果是我個人就算要展開行動也無所謂，但因為勇者那件事，神言教已經把我視為眼中釘了。要是繼續招惹他們，恐怕不是貶職就能了事。真是不好意思。」

看來他收了年幼的勇者當徒弟，以訓練的名義把人家整得半死不活的傳聞並非空穴來風。

若非如此，教會應該不會如此敵視名滿天下的羅南特大人。

「事情就是這樣，我們什麼忙都幫不上。萬一發生了什麼事情，你們就去向教會抱怨吧。」

雖然無法釋懷，但也只能這樣了。

即使心中還是留有芥蒂，我也決定接受這個事實。

「紐托斯，把那東西拿出來。」

但羅南特大人又把新的煩惱丟給了我。

「唔！我總算可以說話了嗎？」

「還不行。你說話太吵了。別開口，把那東西拿出來就好。」

「唔唔！」

在低聲沉吟的同時，紐托斯大人再次閉口不語。
羅南特大人說得沒錯，因為他的聲音大到讓人聽了耳朵會痛，所以叫他別說話是正確決定。
雖然他是被譽為劍聖的厲害人物。
「這把劍就給你吧。」
羅南特大人從紐托斯大人手中接過一把魔劍，然後交到了我手上。

而現在我手上就拿著那把魔劍。
這是那隻巨魔所擁有的魔劍。
聽說在跟羅南特大人他們戰鬥時，那傢伙捨棄了其中一把魔劍逃走了。
雖然帝國軍把魔劍當成戰利品帶了回來，但羅南特大人不知為何決定把魔劍託付給我。
硬是把魔劍塞到不願接受的我手上。
「這東西到底該怎麼處理才好？」
不知道該如何是好的我一直看著魔劍。
在跟巨魔一戰時，我毫無貢獻。
這樣的我真的有資格得到這把魔劍嗎？
當然沒有。
果然還是該立刻把劍還回去才對。

更何況，我都已經考慮不當冒險者了。

我毫無還手之力地敗給巨魔，還失去了以雷格為首的所有冒險者同伴。

自信與鬥志早已喪失殆盡。

所以，我才會打算在事件平息後放棄當個冒險者，從今以後過著平穩的生活。

畢竟在缺乏冒險者的現在，要是連我都不幹了，這間公會真的會倒閉。

我原本打算在公會重新振作起來之前稍微幫點忙，但是收下了這種東西，就算我不情願，也得跟拉馬車的馬一樣死命幹活了不是嗎？

明明在與巨魔一戰時沒太大貢獻，結果還得到了獎賞，肯定會被人冷眼相待。

在與巨魔一戰時失去同伴的冒險者很多，死去的冒險者的親人也很多。

如果沒把魔劍交給他們，而是由我拿走的話，就算會遭人怨恨也是沒辦法的事。

要蓋過那些惡意，我就只能拚命為大家做出貢獻了。

「唉。我到底該如何是好？」

當我獨自說著喪氣話時，某人推開公會大門走了進來。

「啊，戈頓先生。」

聽到自己的名字，我回頭一看，結果看到了魯可索。

雖然魯可索在與巨魔一戰時受到瀕死的重傷，但做過治療後勉強撿回了一條命。

要是再晚一點接受治療，他可能早就沒命了吧。

可是為他爭取到那一點時間的雷格已經不在人世了……

「是魯可索啊。有什麼事嗎？」

魯可索穿著輕便的服裝前來這裡。

不是冒險者的裝備，而是走在街上的便服。

那不是來到冒險者公會該做的打扮。

「戈頓先生，我決定不當冒險者了。」

「這樣啊。」

我隱約猜到會是這麼一回事。

經過這次事件後，跟我一樣決定不當冒險者的人應該很多吧。

魯可索只不過是其中之一罷了。

「不光是這樣，我還打算離開這裡。」

「這樣啊。」

這也是意料之中的事。

這座城鎮充滿著我們以冒險者的身分，與同伴們一同度過的回憶。

只要待在這裡，就會想起那些回憶，這肯定很令人難受。

「你說要離開這裡，那有打算要去哪裡嗎？」

「有。我想回老家。我老家是農家，就是因為不想繼承家業，我才離開家裡當冒險者。我打算回去向父母道歉，重新展開人生。」

許多冒險者都是孤家寡人一個。

有些人只能當個冒險者，像魯可索這種有家可回的傢伙算是幸福的。

「這樣啊。我會覺得寂寞的。」

「我也是。所以我才想在離開前，向一直關照我的戈頓先生道別。其實我也想跟雷格先生打聲招呼再走。」

雷格是為了保護魯可索而死。

魯可索似乎一直對此耿耿於懷。

「別放在心上。如果那傢伙還在，一定會痛罵你一頓，叫你別臭著一張臉。」

「哈哈。確實如此。」

「你的命是那傢伙救回來的。既然如此，那你就該跟他一樣積極過活，找尋自己的幸福，這樣才能報答那傢伙不是嗎？讓那傢伙看看自己救回來的人過得有多幸福。讓他知道自己賭上性命是有價值的。」

雷格就是那種男人。

就算為了保護同伴而死，也只會把那當成榮耀，不會因此怨恨別人。

「我明白了！」

魯可索淚珠盈眶地點頭。

「好好照顧自己吧。」

「我會的。我最崇拜戈頓先生與雷格先生了。雖然我無法成為像你們這樣出色的冒險者，但我好好珍惜被你們救回來的這條命！」

「嗯。你就努力找個可愛的老婆，生幾個小孩，在孫子的包圍下說自己過得很幸福吧。」

「我會的！可是，我得先去找個可愛的女朋友才行。」

「說得也是啊！」

相視一笑後，我伸出手。

魯可索緊緊回握了我的手。

「保重。」

「嗯，戈頓先生也是。請您繼續努力下去。」

魯可索帶著燦爛的笑容回老家了。

雖然我知道魯可索毫無惡意……

但「請您繼續努力下去」這句話來得真是太不湊巧了。

「……那就再稍微努力一下吧。」

讓被雷格救回一命的魯可索繼續崇拜下去，好像也不壞。

# 4 我出發了

被妖精襲擊後，過了幾天。

這段期間，我們過著風平浪靜的生活。

就像是自從那個事件後就毫無波折的這兩年一樣。

在兩年前的ＵＦＯ事件結束後，波狄瑪斯很神奇地完全沒對我們出手。

考慮到那傢伙的那種個性，只要逮到機會，應該就會來襲擊我們才對。

我明明因為神化而變弱，露出了巨大的破綻，他卻幾乎完全沒有動靜。

雖然有種白緊張一場的感覺，但這樣反倒更令人提心吊膽。

我們甚至懷疑他又在策畫什麼不好的事情，現在只是還在做準備。

而波狄瑪斯時隔兩年後發動的襲擊，卻是試圖用轉移帶走吸血子這種以他來說有些不夠高明的計畫。

以久違的襲擊來說，那種手法實在太過粗糙，應該還有更好的手法才對。這點讓我實在想不通。

利用轉移綁架別人，確實是有效的手法。

要是敵人突然出現，就這樣用轉移把人帶走，我們也很難追蹤。
畢竟我們不曉得對方轉移到了哪裡，也不曉得那是不是能夠追上的距離。
我現在深切體會到轉移有多麼犯規了。
雖然能夠使用轉移的人很少，就算是波狄瑪斯，身邊應該也沒有太多的轉移使用者，但這並不表示完全沒有。
既然用上了空間魔法師這張王牌，就表示他可能頗為認真地看待這次襲擊，但如果是這樣的話，就沒必要用上那種小女孩了，所以我果然還是百思不得其解。
實在令人費解。
魔王似乎也是這麼想的，這幾天都板著一張臉。
不，總覺得魔王或許有事情瞞著我們。
我能從她身上隱約感受到猶豫不決的心情。
只不過，魔王感覺起來像是沒有確切證據，所以才無法說出口。
既然魔王說不出口，那八成是因為顧慮到我們才會這麼做，如果有必要的話，應該就會把事情告訴我們了吧。
反正現在的我毫無戰力幫不上忙，也只能遵從魔王的分針了。
而魔王想出的對策，就是閉門不出！
嗯，就是盡量避免出門，躲在旅館裡消磨時間。

因為只要閉門不出，就不會突然遇襲，也容易保持警戒。

要是旅館被敵人襲擊的話呢？

到時候也只要犧牲旅館就行了。

旅館兄，抱歉了。

可是，你要恨就恨那些襲擊者吧。

畢竟要是魔王或人偶蜘蛛她們認真起來，別說是這間旅館，就連整座城鎮都會被夷為平地。

幸好那種事情沒有發生，旅館的和平守住了。

旅館兄，恭喜你撿回一命。

至於我們在這段期間如何打發時間，答案是聽魔王老師的技能講座。

「來，那邊的善妒女孩請作答。」

「這外號有點過分，但我也無法否認就是了。什麼問題？」

「為什麼我們不可以提升妒心這個技能的等級？請在十五秒內回答。」

「呃，因為七大罪系列的技能會對精神造成影響，對嗎？」

「確定不改？」

「……確定不改。」

「答對了！」

以上便是魔王與吸血子的對話。

魔王小姐，這個哏是不是有點老？

「七大罪系列的技能會讓人受到源於其典故。正確來說，是源於其初代所有者性格的精神上的影響。換句話說！擁有妒心這個技能的蘇菲亞，正受到病嬌波動的侵蝕！」

魔王猛然指向吸血子。

病嬌波動……

咦？那不就已經差不多沒救了嗎？

「我不可能有受到那種影響吧？」

吸血子傻眼地賞了魔王白眼。

魔王和我也用白眼回敬她。

真是的，就是因為這樣，毫無自覺的病嬌才教人頭痛。

「那、那是什麼眼神？」

「總之，那不是什麼好事，千萬別讓妒心的技能等級繼續提升了。」

魔王似乎就是想說這句話。

「此外，其他的七大罪系列技能與七美德系列技能也最好是盡量避免。其中又以傲慢系、憤怒系與貪婪系特別危險。」

「那暴食系、色慾系和怠惰系呢？」

「只要別吃太多，就不會取得暴食系技能，所以應該不成問題。就算得到了，造成的精神汙染也不嚴重。以蘇菲亞的年齡來說，色慾系也不成問題……不，是問題吧？」

「為什麼是問句？不會有問題啦。」

真的沒問題嗎？

「嗯，那就當作不會有問題吧。因為怠惰系幾乎不會造成精神汙染，所以也不成問題。」

「怠惰系，這名字聽起來就像是會造成嚴重的精神汙染耶。」

我也這麼認為。

感覺會讓人變成懶惰鬼。

「啊～怠惰系比較特別啦。畢竟初代所有者是個想偷懶卻偷懶不了，最後過勞死的傢伙。有別於字面上的意義，其技能效果是讓敵人的ＳＰ的消耗量增加，可說是讓自己勤奮幹活，逼敵人休息的技能。」

經她這麼一說，我想起怠惰的技能效果確實是讓敵人的ＨＰ、ＭＰ和ＳＰ的消耗量增加。

原來這不是讓自己休息，而是逼敵人休息的技能。

「總之，因為這個緣故，就算取得這個技能，也不會受到太嚴重的精神汙染。雖然很不吉利就是了。」

那擁有這個不吉利技能的我不就……

不，還是別想太多了吧。

「至於有危險的那三個，傲慢系的經驗值增加效果乍看之下很有用，但我並不推薦。」

來了，來了！

傲慢在這裡！

我有這個技能喔！

「雖然取得經驗值增加聽起來好像很厲害，但精神汙染太嚴重了。因為那會讓人想把看到的一切生物全都變成經驗值，變得跟半個狂戰士沒兩樣。」

來了，來了！

原來我是狂戰士嗎？

這點我好像無法否認，實在是不知道該如何反駁！

「而且效果本身也有著巨大的缺點。因為這個技能不會考慮到持有者本身的狀況，只會硬逼持有者提升實力。人必定有著極限，但這個技能不會考慮到這種極限，只會不斷給予持有者經驗值。持有者最後的下場就是超越極限，也就是爆炸。」

來了，來了！

原來我的下場就是爆炸嗎？

砰地一聲血肉橫飛！

這實在太可怕了！

「總之，絕對不能取得傲慢系技能喔。」

「我知道了。」

也許是魔王認真的表情充分表達出傲慢系技能的可怕之處，吸血子乖乖地點了點頭。

哼，沒關係。

反正結果我沒有爆炸，而且傲慢還幫了我大忙。

所以，對於取得傲慢這件事，我一點都不後悔！

我說沒有就是沒有！

「憤怒系技能也一樣危險。不過，如果只有取得技能的話倒是還好。憤怒系技能的可怕之處，就在於發動技能之後。」

「發動技能之後？」

「沒錯。一旦發動憤怒系技能，持有者的能力值就會暴增。而且不需要消耗ＭＰ與ＳＰ。雖然光是聽到這樣，可能會覺得這個技能很厲害，但缺點也不是普通的可怕。畢竟那會讓人失去理智。」

啊～嗯。

我以前也曾經擁有憤怒系的第一階段技能——怒氣。

可是，我記得自己只試著發動過一次，就再也沒拿出來用過了。

「一旦發動那個技能，眼前就會變得一片赤紅，滿腦子只想攻擊別人。而且隨著時間經過，症狀還會變得更加嚴重，最後連想要關閉技能的想法都會逐漸消失。如果傲慢系算是半個狂戰士的話，那憤怒系就是真正的狂戰士了。」

「沒有辦法復原嗎？」

「沒有。只能由本人自己關閉技能，或是持有者死亡。就算成功關閉技能，只要被那股怒火侵蝕過一次，理性就會變得脆弱。所以，就算取得憤怒系技能，也絕對不能發動。」

來了，來了！

雖然只有一次，但是我發動過喔！

不過，我覺得情況不妙就立刻關掉了。

原來那技能很危險啊。好險好險。

「至於貪婪系嘛。就算我不說，妳應該也知道那不是什麼好東西吧？因為清貧才是美德。」

說著這種話的魔王正大刺刺地坐在椅子上，喝著不便宜的酒。

妳的美德哪裡去了？

當我們過著這種繭居生活時，街道的封鎖終於解除了。

聽說那隻巨魔被趕走了。

不過，不是解決而是趕走這點讓我有些在意。

因為那隻被軍隊逼得走投無路的巨魔，似乎逃往魔之山脈了。

「我有不好的預感。」

魔王一臉認真地這麼說。

「魔之山脈那麼大，我們不可能這麼倒楣剛好遇到那傢伙吧？」

相較於魔王認真的表情，吸血子一臉傻眼地如此反駁。

「嘖嘖嘖。天真，太天真了。蘇菲亞，妳太小看我們的掃把星體質了。」

魔王說得一臉得意。

吸血子更傻眼了。

照理來說，我們不太可能在廣大的魔之山脈遇到那隻巨魔。

不過，想到我們在這趟旅途中遭遇的各種麻煩。嗯，就讓人覺得我們絕對會遇到那隻巨魔！

「算了，反正不管怎麼樣，目的地都無法改變。只能祈禱別遇到那傢伙了。雖然就算遇到也無所謂就是了。」

魔王簡單結束掉關於巨魔的話題，開始準備出發。

對魔王來說，區區巨魔根本算不上對手。

在被捲入其他麻煩事件之前，我們決定趕緊前往魔之山脈。

據說這座城鎮的冒險者懷疑魔王她們是魔族，對此有所警戒，而且可能還把這件事告訴來到此處的帝國軍了。

要是我們繼續在這裡浪費時間，很可能會跟帝國軍起衝突，所以才要在事情變成那樣之前趕緊閃人。

「謝謝惠顧！」

因為這個緣故，在笑容滿面的旅館大嬸的目送下，我們離開了城鎮。
因為要是有個萬一，旅館就會被夷為平地，所以魔王好像多給了一些住宿費作為賠償金。
在旅館大嬸眼中，我們是大方付帳的貴客，也難怪她會笑容滿面。
旅館兄，恭喜你逃過被夷為平地的命運。

然後，我們平安抵達了位於魔之山脈底下的廢村。
離開城鎮時沒發生什麼大問題，途中也沒有出現任何狀況。
雖然我們以為離開時可能會跟帝國軍起衝突，或是在途中被妖精襲擊，一直保持著警戒，但結果什麼事情都沒發生，一路上非常和平。
別誤會，我並不討厭和平喔。
不過，一路上和平到這種地步，反倒讓人覺得不可思議。
但是，在抵達廢村的瞬間，那種感覺就煙消雲散了。
如果要用一句話來形容那個廢村，那就是很淒慘。
根據我們事前得到的情報，這個廢村受到某人——八成就是那隻巨魔——的襲擊，已經徹底毀滅了。
後來也沒人前來重建村子，這裡就這樣被丟著不管。
這個村子原本就才剛建好，還被當成是攻略魔之山脈的前線基地。

既然這裡毀滅了，就代表魔之山脈果然還是難以攻略，就算因此被人放棄也是沒辦法的事。

雖然我們事前就得知這些情報，但就算不知道這些事情，也能理解這裡為何沒人。

許多房子都傷痕累累。

而且上面還沾著紅黑色的汙漬。

只要想想這個村子變成廢村的經過，就算不願意也能猜到那些汙漬是什麼東西。

到底要發生多麼激烈的慘劇，才能造成這樣的景象？

既然這裡變成這樣，只要是腦袋正常的傢伙，就算房子還能住人，也不會想要住在裡面。

「嗯。先找間完好無缺的房子住一晚再說吧。」

可是，偏偏我們這些人的腦袋都不太正常。

連超級凶宅都敢住的魔王真不愧是魔王。

別誤會，我當然會住。

只要能夠遮風避雨，不管是凶宅還是什麼我都願意住。

因為在寒冷的外頭睡覺太痛苦了！

「喂。」

就在這時，鼻子嗅個不停的吸血子露出厭惡的表情呼喚我們。

這傢伙一直到處聞來聞去，她什麼時候變成狗了？

「這裡的血腥味有新舊之分，這到底是怎麼回事？」

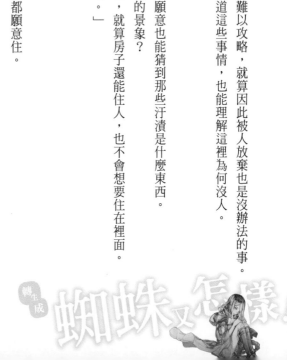

嗯？

居然可以聞出血腥味的差別，真不愧是吸血鬼。

這不是重點，重點是她居然說這裡的血腥味有新舊之分？

舊的血腥味八成是那些在此犧牲的村民留下來的。

那新的血腥味又是誰留下來的？

這表示在這裡變成廢村之後，又有人死在這裡是嗎？

「啊，妳也發現了嗎？這味道八成是妖精的血吧。」

魔王一邊聞來聞去一邊公布答案。

比吸血鬼更厲害的血腥味鑑定大師出現了。

原來是妖精的血啊……

……她剛才說了什麼？

「那些傢伙肯定是躲在這個廢村埋伏我們吧。可是，他們在某人的襲擊下全滅了。我想，犯人八成就是往這個方向逃跑的巨魔吧。」

呃～該怎麼說呢？

他們還真是倒楣。

想要跨越魔之山脈，確實幾乎百分之百會經過這個廢村。

而且這裡沒有其他人，可以毫無顧慮地襲擊我們。

可說是絕佳的埋伏地點。

可是，在我們抵達之前，被帝國軍趕跑的巨魔先一步來到這裡，反過來襲擊了他們。

真是太倒楣了。

雖然是敵人，但我同情他們。

「那些傢伙居然輸給了巨魔嗎？」

吸血子訝異地反問。

她會懷疑也不是沒有道理。

那些妖精居然會打輸巨魔？

雖然我不曉得妖精準備了多少戰力，但既然是要對付魔王，就應該不會太少才對。

而巨魔居然擊潰了那些戰力。

咦？那巨魔好像比我想的還要危險耶。

「是啊。從現場的情況看來，也只有這個可能性了。」

面對吸血子的問題，魔王給了肯定的答案。

這樣啊～妖精打輸巨魔了啊～

如果是半獸人的話，就有人得說「唔！殺了我！」了呢。

不，巨魔應該也行吧。

這樣妖精小薄本就完成了。

或許內容會是ＢＬ也說不定。
畢竟波狄瑪斯兩年前就被爆菊過了。
被我。
我會從容不迫地想著這種無聊事情，都是因為相信不管那隻巨魔有多厲害，都遠遠比不上魔王。
魔王毫無疑問是這個世界最強的人。
如果要擊敗魔王，就一定得是擁有系統外力量的人。
也就是邱列邱列或波狄瑪斯。
邱列邱列自然是另當別論，就算是波狄瑪斯，也不一定能夠擊敗魔王。
不管那隻巨魔有多強，只要還在系統之內，就無法擊敗魔王。
若非如此，被魔王包養的我就頭痛了！
「嗯……」
不曉得知不知道我在心中對她的吹捧，魔王正托著下巴思考。
表情中隱約流露出複雜的感情。
她似乎正在深思。
為了避免打擾她想事情，我再次環視廢村裡的情況。
飛濺到牆上的血跡如此鮮明，述說著慘劇的駭人程度。

可是，說穿了也就只有這種程度。

要是魔王或人偶蜘蛛認真戰鬥，絕對不會只有這樣。

房子會被夷為平地，甚至連血跡都可能不會留下。

因為一切都會如同字面意義灰飛煙滅。

也不會留下屍體。

事實上，我就曾經被魔王轟得粉身碎骨。

當時我還以為自己會死。

要是沒有不死這個技能，我應該就真的死了。

一旦體驗過那種不合常理的破壞力，像這樣還留有物證的狀態就變得非常合理了。

該怎麼說呢？現場的戰鬥痕跡感覺還沒超出常識範圍。

要是波狄瑪斯為了對抗魔王，拿出兩年前對付ＵＦＯ時的那種兵器，應該就不會是這種結果了。

因為那些兵器也都不合常理。

要是那種東西在此戰鬥，這個村子恐怕就無法保有原型了吧。

應該說，不管巨魔有多強，只要有那種兵器，妖精應該就不會打輸。

也就是說，妖精沒帶那種兵器就在這裡埋伏我們。

嗯？感覺好像有些奇怪？

先前的襲擊也是，我實在搞不懂波狄瑪斯在想什麼。
以時隔兩年的襲擊來說，我實在不覺得他是認真想要排除我們。
波狄瑪斯應該也明白，不夠徹底的手段是無法擊敗魔王的。
然而，他居然完全沒帶那種兵器就在這裡埋伏，我只能認為他根本不想贏。
只是白白浪費兵力。
不過，那個波狄瑪斯會做出那種白費力氣的事嗎？
雖然跟波狄瑪斯不是很熟，但我對他的個性也有某種程度的了解。
想到這裡，我就實在無法理解敵人這次行動的用意。
感覺其中還存在著某種內幕，只是我沒發現罷了。
這點從魔王的態度也能隱約感覺得出來。
魔王肯定注意到那個我沒發現的某件事了吧。
說到魔王，她正在偷瞄我和吸血子，但很快就別開視線。
「算了，反正敵人減少了，也幫我們省掉不少麻煩不是嗎？就當作是這樣吧。」
怎麼回事？
魔王難得擺出這種不明不白的態度。
她果然有事情瞞著我們。
「周圍感覺不到妖精的氣息，也感覺不到巨魔的氣息。既然這裡應該已經安全，那我們就先在這裡住一晚，明天再正式開始攻略魔之山脈吧。今天是能夠好好休息的最後一天，大家就好好地養精蓄銳吧。」

結果，魔王還是沒把她隱瞞的事情告訴我們。

不過，既然魔王認為沒必要說，那應該就沒必要吧。

反正就算知道了，我也沒辦法做什麼，還是別知道那麼多比較好。

過了好一段日子後，我才總算得知魔王隱瞞的事情。

那就是波狄瑪斯對轉生者做出的卑鄙行動。

此時的我不知道這件事到底是幸還是不幸。

我沒有答案。

# 閒話　老師

我們用轉移回到了妖精之里。

「嗯。這還真是教人意想不到。」

看著那個垂頭喪氣的嬌小背影，我用不會被對方聽到的音量小聲呢喃。

不過，看著她用雙手撐著地面發抖的模樣，就算沒有壓低音量，我也很懷疑她聽不聽得見我說話。

這個小女孩名叫菲莉梅絲。

是我波狄瑪斯．帕菲納斯的女兒。

但比起本名，岡這個暱稱還比較常用。

她是來自異世界的轉生者，因為擁有前世的記憶，所以比起今生的名字，更喜歡源自前世的名字。

這體現出了她對前世的留戀與執著。

岡對前世似乎有著相當強烈的不捨。

若非如此，也不會只因為同為轉生者，就想到要收集散落在世界各地的同胞。

即使擁有能夠給她線索找人的技能也是一樣。
岡特有的技能——學生名冊，能夠告訴她其他轉生者的情報。
因為只能得到轉生者的情報，所以是個非常難用的技能。
而且能夠得到的情報非常簡單，根本無法得知詳細情報。
說得明白點，那是個沒用的技能。
但以上前提是這個技能不在我手上。
我擁有長年累積起來的妖精這個組織的力量。
只要利用這種力量，就算只有殘缺不全的情報，也能夠徹底加以活用。
然後，我成功地將絕大多數轉生者納入掌中。
能夠把岡的技能活用到這種地步的人，除了我之外，也就只有神言教教皇達斯汀了吧。
要是岡落到那個男人手中，事情恐怕會變得有些麻煩。
就只有這件事，我得感謝天意，把岡送到了我身邊。
雖然目前為止一切都很順利，但接下來可就麻煩了。
這件事也是一樣，我們遇到意想不到的狀況，計畫可說是失敗了。
「為什麼……？」
岡用顫抖的聲音小聲呢喃。
雖然我看不到她的表情，但就算沒看到，我也知道她受到相當大的打擊。

根據我聽到的內容，岡前世所在的世界似乎相當和平。
對那個世界的居民來說，這次的經驗似乎太過刺激了。

因為除了我跟岡之外，所有人都被殺掉了。

而且造成這種慘劇的凶手，還偏偏是其他的轉生者。
因為岡等於是被自己過去的學生背叛，天曉得她受到的打擊有多大。
雖說是轉生者，但也不過就是前世今生加起來還不滿三十歲的小女孩，這種事對她來說似乎有些難熬。

到底發生什麼事了？
一言以蔽之，就是我們被巨魔襲擊了。事情就是這麼簡單。
可是，如果要把這件事說得更清楚些，因為這是各種複雜事件交織而成的結果，所以我無法輕易說明整件事情。
因為並非所有事情都在我的掌握之中。
起初，我是故意要找愛麗兒一行人的麻煩。
找麻煩——
雖然我也覺得這種行為很幼稚，但事情就是這麼單純，所以也只能如此形容。

我想讓把轉生者帶在身旁的愛麗兒一行人，撞上身為轉生者的岡，讓他們自相殘殺。

愛麗兒其實是個重感情的人。

而且對自己人很好。

既然如此，如果我能讓她跟自己人過去的親友，也就是其他轉生者對決，就能對她造成精神上的打擊。

但也只能給愛麗兒造成一點打擊，不可能對她造成實質上的傷害。

所以才是找麻煩。

除此之外什麼都不是。

因為效果頂多就只有讓我發洩一下心中的積怨，所以就性價比來說完全不划算。

即使如此，但如果什麼都不做，我就無法消氣，這全是因為那些傢伙帶給我天大的屈辱。

因為我一直等到岡長大才付諸實行，所以連我都覺得自己的執念很深。

話雖如此，但時隔兩年實際執行計畫後，我卻遇到了意想不到的阻礙。

在初次襲擊時突然被吸血鬼女孩攻擊還算是小事。

對我來說，那反倒是件好事。

雖然我實現了岡想先跟對方談談看的願望，讓她自由行動，但我沒想到她會毫無對策就衝了過去。

我明明已經告訴過她，吸血鬼女孩早就被愛麗兒洗腦，認為妖精都是壞人了。

我無法理解她怎麼會覺得自己不會被攻擊。

話雖如此，但我也沒料到吸血鬼女孩會有那種反應速度與攻擊威力。

要是我們用轉移逃跑的時間稍微再晚一點，岡早就已經死了。

雖然我對此並不在意，但要是岡在那些傢伙知道她的真實身分之前就死掉，我好不容易才準備好的報復行動就要白忙一場了。

那樣有些可惜。

比起剛出生的時候，岡的利用價值已經降低了。

我已經透過從岡的學生名冊得到的情報，得到了絕大多數的轉生者。

就連其他轉生者的下落，也大致有了眉目。

雖然只要我想，也不是不能回收，但如果是王族或其他同等級的當權者的孩子，我也不能隨便出手。

畢竟我已經得到數量足夠的樣本，也沒必要勉強對他們下手。

更重要的，是達斯汀已經利用勇者採取對策了。

繼續做出顯眼行動絕非上策。

然後，只要我不繼續跟轉生者的動向有所牽扯，岡的價值當然也會降低。

她還有利用價值。

但就算失去了我也不痛不癢。

雖然有她在很方便，但就算沒有她，也不會造成我太大的困擾。

這就是岡現在的價值。

所以，我才會覺得就算為了找愛麗兒麻煩而犧牲她也無所謂……

「岡。」

我對著那道還在顫抖的嬌小背影如此說道。

「那傢伙真的是轉生者嗎？」

聽到我這麼問，岡嬌小的身體猛然一震。

她抬起頭，把哭腫的臉轉向我。

「那個，剛才那是！不，其實……」

雖然岡勉強張開嘴巴，但也只能說出支離破滅且毫無意義的話語。

她本人似乎也不曉得該說什麼。

但她的話語中隱約含有想要袒護那傢伙的意思，而這逃不出我的法眼。

總結來說應該是這樣吧？

雖然那傢伙確實是轉生者，但肯定是因為有某種苦衷才會做出那種事。

「岡。」

對著不斷說出毫無意義的話語的岡，我冷冷地說。

「放棄吧。那傢伙已經不是人了。」

我的話語讓岡整個人都愣住了。
岡自己應該也明白這個事實。
她只是不想承認罷了。
瞥了茫然若失的岡一眼後，我想起不久前發生的事情。

我們率領著部隊，在位於魔之山脈前面的廢村等待目標。
據說這裡原本好像是帝國為了攻略魔之山脈而建造的村子，卻因為某種理由導致村民全數死亡，最後變成了廢村。
因為這個緣故，誰也不想接近這個廢村。
可是，因為愛麗兒一行人要前往魔之山脈，所以無論如何都得經過那個廢村。
畢竟這裡就在魔之山脈的入口前面。
就算他們想要繞過這裡，只要我們以廢村作為據點就能察覺。
雖然這裡是絕佳的埋伏地點，但那傢伙就在這時出現了。
「吼喔喔喔喔喔喔！」
一隻巨魔發出咆哮，沿著通往廢村的道路筆直衝了過來。
如果那只是尋常巨魔，倒還不成問題。
因為岡也在場，所以我只帶著沒有攜帶兵器的普通妖精。

可是，即使如此也都是一些擅長魔法，戰力還不差的傢伙。

畢竟我們是要去招惹愛麗兒。

在場都是一些只能帶在身邊壯膽，能力勉強還算堪用，但就算失去了也不足惜的妖精。

不可能打輸區區巨魔。

但結果是我和岡以外的傢伙全死了。

就算是我，如果不是以這具能使用空間魔法的身體過去，八成也會被幹掉。

根據許多冒險者被牠反過來擊敗這樣的消息，我們已經知道那傢伙不是普通巨魔，但沒想到會厲害成那樣。

我們從以前就在懷疑那隻巨魔可能是轉生者。

在岡的學生名冊裡，有一名轉生者的資料剛好符合條件。

從岡的學生名冊上可以得知的資料，是轉生者的出生地與目前的健康狀態，以及死亡時期與死亡理由。

那傢伙的出生地是魔之山脈，健康狀態在這幾天出現激烈起伏，死亡時期與死亡理由也頻繁更新。

健康狀態的激烈起伏，就表示那位轉生者正不斷與人戰鬥。

死亡時期與死亡理由更新，就表示那位轉生者躲過了戰死的可能性。

因為記錄在學生名冊上的死亡時期與死亡理由是預測未來的結果，所以內容相當曖昧，也經常預測失準。

可是，既然資料頻繁更新，就表示那位轉生者經常面臨死亡的危機。

從這些情報看來，那隻巨魔就是那位轉生者的可能性更大了。

那傢伙經常在魔之山脈附近與人戰鬥，還用尋常巨魔不可能會用的戰法反過來擊敗冒險者。

雖然幾乎已經確信巨魔就是轉生者，但我故意不提這件事，優先處理愛麗兒一行人的事情。

因為就算巨魔真的是轉生者，把牠帶到妖精之里對我也沒有好處。

如果轉生者們不是手無縛雞之力，就不好飼養了。

那種足以擊敗好幾名冒險者的戰力並不好管理。

正因為如此，我才沒把帝國軍前去討伐巨魔的事情告訴岡，甚至希望帝國軍能夠乾脆替我解決掉那隻巨魔。

因為岡似乎相當在意那隻巨魔，所以我跟她做了約定，如果解決掉愛麗兒那件事，接著就要去找尋巨魔。

反正一旦我們跟愛麗兒正面對決，就不可能有多餘心力理會巨魔，所以我才會輕易答應她，沒想到居然會被這個次要的事搞得灰頭土臉。

只不過，反正這件事肯定是達斯汀在暗中搞鬼吧。

巨魔居然會在那種絕妙的時間點跑來襲擊我們，這也未免太過巧合了。

如果不是有人暗中操控巨魔，就不可能發生那種事。

八成是達斯汀養的狗用了某種手段，把那隻巨魔引到我們這邊吧。

真是的，儘管身為敵人，但那些傢伙還真是優秀到可恨的地步。

算了，既然已經確定那隻巨魔是轉生者，那這次行動也不算是毫無收穫。

反正我這次的目的是找愛麗兒一行人的麻煩。

因為這個目的沒什麼建設性，就算失敗了，損失也不是很大。

在巨魔的鑑定結果中，確實有著只有轉生者會有的ｎ％Ｉ＝Ｗ這個技能。

那隻巨魔肯定是轉生者。

而且我們無法加以保護。

就戰力層面來說，只要派出岡所不知道的光榮使者，就能解決問題。

可是，我並不打算飼養失去理智的野獸。

那傢伙已經不是人了。

而且遲早會忘記自己曾經是個人。

就算把那種野獸養在身邊，也沒有任何好處。

「就算是這樣，但你不能想想辦法嗎？」

彷彿在回應我內心的想法一樣，岡開口了。

雖然這應該是偶然，但時機太過巧合，讓我有些驚訝。

「沒辦法。」

可是，我的回答沒有改變。

「那傢伙就跟外表看到的一樣，已經不是人了。而且看起來也聽不進妳說的話。從失控的模樣看來，我也不覺得牠還保有正常的思考能力。雖然不曉得是因為轉生成巨魔，還是因為其他因素，但那傢伙已經變成毫無理智的野獸了。那種傢伙我救不了。」

其實我打從一開始就不想救牠。

「就算是這樣！我還是希望你想想辦法！」

「沒辦法。就算有，我也不想捕捉那傢伙。那只會浪費時間與勞力。」

聽到我斬釘截鐵地這麼說，岡那張快要哭出來的臉又加上了目瞪口呆的表情。

「而且妳在說這句話之前，有先替這次犧牲的那些傢伙想過嗎？」

雖然我不是很在意消耗品的損失，但考慮到岡的個性，這句話應該很有效吧。

在造成這麼多犧牲者後，妳還要繼續任性下去嗎？

更重要的，是岡跟我不一樣，把那些消耗品當成是一個人。

在這次的遠征之中，岡一直在跟那些消耗品聊天，建立起不淺的交情。

對於一般人來說，熟人的死似乎是件令人悲傷的事情。

想要捕捉那隻巨魔，就意味著會出現跟這次一樣，甚至更多的犧牲者。

對於把那些消耗品當成一個人的岡來說，應該是個艱難的選擇吧。

如我所料，岡緊閉著嘴巴，再次垂下了頭。

我轉身背對再也說不出話的岡，邁出了腳步。

這次的作戰徹底失敗了。

然後，如果愛麗兒一行人進到魔之山脈，那她們的目的地就是魔族領地。

雖然我在魔族領地姑且也算是有人脈，但肯定會比之前更難行動。

對愛麗兒一行人的騷擾勢必得減少。

既然如此，那我就該在其他地方採取行動。

時間是有限的。

一點都不能浪費。

好啦，該做的事情堆積如山，該從哪裡開始下手呢？

「就算是這樣……我也……我也還是老師……」

雖然聽到了岡的呢喃聲，但我沒有回頭，一言不發。

# 鬼4　磨耗的鬼

我正在消耗ＭＰ製造刀子。

當我被老魔法師射穿腦袋時，我在情急之下丟出刀子，而這就是那把刀的替代品。

就算失去了武器，只要有ＭＰ與時間，就能像這樣再次製造出來，是武器鍊成這個技能的優點。

沒多久後，我手上就握著一把刀了。

我放開用來鑑定的鑑定石。

鑑定石就用繩子掛在我的脖子上。

這顆鑑定石是那個男人用過的東西。

使用那個男人所用的東西，令我心情很差。

不過，為了確認用武器鍊成製造出來的武器的性能，有顆鑑定石還是比較方便。

逼不得已，我只好帶著這顆鑑定石。

根據鑑定的結果，我完成了跟之前那把一樣有著雷系能力的刀子。

因為消耗的ＭＰ非常多，性能反倒變得比之前那把還要優秀。

對巨魔王的巨大身軀來說感覺很小的刀子，現在卻以剛好的尺寸被我握在手上。

不是因為刀子變大，而是因為我的身體變小了。

因為擊敗了在這個村子裡埋伏的傢伙，使我的等級提升，再次完成進化。

我還以為巨魔王就是進化的終點，沒想到還能繼續進化，嚇了我一跳。

進化後的種族是鬼人。

因為進化成鬼人，我的身體從巨魔王的巨大身軀，縮小成普通人的大小。

雖說身體變得比原本的巨魔王還要小，但以人類的標準來說，我現在的身材頗為修長。

是穿得下人類服裝的身形。

於是，我借穿了留在這個廢村裡的衣服。

雖然穿這裡村民的衣服這件事讓我有些抗拒，但裸體很難抵禦這一帶的寒冷天氣。

放棄堅持穿上衣服後，我變得幾乎跟人類沒兩樣。

在物色衣服的時候，我發現這個村子裡的制服，跟之前交手過的老魔法師與老騎士所率領的士兵制服是一樣的。

看來這似乎是治理這一帶的國家的正式制服。

不過，就算明白這點，也不會改變任何事情。

就算知道對方是正規兵，我的行動也不會改變。

過去的事情無法改變，而我也不打算改變。

就算能夠回到過去，我應該也會讓這個村子裡發生的慘劇再次上演吧。
那種假設根本毫無意義。
不管怎麼樣，我放棄當個哥布林，進化成鬼人的事實都不會改變。
但比起身體上的變化，還有更令我吃驚的事情。
新刀的刀身映照出我的臉孔。
那張臉就跟前世時的我一模一樣。
唯一的差別，就只有額頭上長出了兩支角。
為什麼事到如今還會長得跟前世一樣，理由我也不知道。
也許根本沒有理由。
只不過，在看到那張臉時，我只覺得全身無力。
……我到底在幹什麼？
戰鬥、殺人、戰鬥、殺人……
前世的我很難說是品行端正。
雖然我想成為那樣的人，但事與願違，我經常用暴力解決問題。
即使如此，也跟現在這種殺伐的生活相去甚遠。
雖然很多事情無法盡如人意，但我沒遇過需要賭命的情況。
因為看到跟前世一樣的臉孔，我再次感受到那種落差。

「笹島同學！」

還是說，是因為我想起自己前世的名字了呢？

在埋伏在這個村子裡的那群人中，有一個特別年幼的女孩。

那女孩大聲喊叫。

叫出我前世的名字。

肯定只是因為亂戰中的噪音干擾，才讓聲音聽起來像是那樣。

畢竟素未謀面的女孩不可能知道我的名字，就算知道名字，看到跟前世的我相去甚遠的巨魔模樣，也不可能認得出我。

即使是幻聽，聽到能讓我想起前世的話語，也還是很有效果，讓我的心情越來越低落。

然而，意識有一半都被揮之不去的怒火所支配。

即使是現在，我的理性與被怒火佔據的凶暴性，也還在互相爭鬥。

也許是因為眼睛看得見的敵人全被消滅，我暫且拿回了身體的控制權。

應該是敵人消失這件事讓我冷靜下來了吧。

把我引誘到這裡的那位黑衣人，應該也在那些屍體之中。

老實說，我在戰鬥中幾乎失去意識，不太記得自己到底用什麼方法擊敗了什麼人。

就連那個聽起來像是在喊我名字的小女孩，或許也是幻覺也說不定。

的確，要是我還保有理智，要我斬殺那種小女孩，我或許會猶豫不決。

遺憾的是，一旦進入戰鬥，我就會失去理智，這似乎讓敵人的策略以失敗告終。

如果在現在這種冷靜的狀態下遇到同樣狀況，我有能力好好應對嗎？

……我不知道。

畢竟一旦進入戰鬥，我可能就會失去理智，就算我能保持理智，也可能會毫不在意地斬殺那女孩。

那明明就是很可怕的事情，我卻一點都不這麼覺得。

對於殺人這件事，我已經變得不太抗拒了。

不但如此，我甚至還從中暗暗感受到愉悅。

這股在心中翻騰的怒火，讓我對此不以為意。

然而，我越是殺人，這股怒火就燒得越深越激烈。

要是我繼續戰鬥下去，繼續殺下去，我這個人用不了多久就會被怒火吞沒消失。

對此我非常確信。

話雖如此，但我可能在此之前就會死去。

就像我差點被那位老魔法師殺掉一樣，世上還有比我更強的人類。

我遲早會被那樣的人類殺掉吧。

我會先失去理智嗎？

還是會先被人殺掉？

不管怎麼樣，都不是什麼好下場。

為了不被殺掉，我只能準備更多對策，或是變得更強。

我在腦海中羅列出好幾個詞彙。

瞬間移動、傳送、跳躍、空間魔法。

《目前擁有的技能點數是28000。可以使用技能點數10000取得技能「空間魔法LV1」。要取得嗎？》

有了！

這八成就是那位老魔法師所使用的傳送技能。

學習對手的戰術，肯定是能讓人迅速變強的方法。

因為會讓自己覺得難對付的招數，應該也是會讓對手覺得難對付的招數。

我毫不猶豫就取得了空間魔法。

雖然需要的技能點數是有史以來最高的，但這也證明了這個技能的實用性。

話雖如此，看來如果沒有提升技能等級，就無法好好運用這種空間魔法。

如果把剩下的技能點數也投資進去，應該可以多少提升一些技能等級，但透過訓練慢慢提升等級應該比較好吧。

畢竟我不認為只稍微提升一些技能等級，就能變得像那位老魔法師一樣能夠使用傳送。

想到這裡，我突然想到。

我還有必要繼續戰鬥下去嗎？

……其實沒有。

我應該殺掉的對手，已經被我殺掉了。

至今為止的戰鬥，我都只是用暴力發洩心中怒火，還有把來襲的冒險者擊退而已。

我根本沒必要主動前往戰場。

居然連這麼簡單的事情都沒發現，看來我的視野變得比自己想的還要狹窄。

這一切八成是因為怒火讓我失去冷靜判斷事情的能力了吧。

要是繼續戰鬥下去，我遲早會失去理智，要不然就是戰死。

既然這樣，那我根本沒必要勉強自己找人戰鬥不是嗎？

幸好至今為止的戰鬥讓我變得相當強大。

我應該有辦法隱居在深山裡面，隨便狩獵些魔物，靠著吃魔物的肉過活。

既然在我出生故鄉的哥布林們就是這樣過日子，那我沒道理辦不到。

嗯，沒錯。就是這樣。

回去吧。回到那個哥布林的村子。

那裡現在已經完全沒人了。

可是，我該回去的地方只有那裡。

如果是那裡的話，人類應該也不太會跑過去吧。
只要就這樣回到那座村子隱居度日不就行了嗎？
我覺得這是個相當棒的主意。
我甚至懷疑自己怎麼會一直沒有想到。
不，我內心深處的某個地方肯定有想到。
我只是想要找個能讓我發洩這股怒火的對象罷了。
此外，在我內心深處的某個地方，肯定也對回到那座村子這件事感到抗拒。
當我進化成巨魔時，就已經捨棄了哥布林的身分。
我覺得自己已經沒資格自稱是哥布林，還用命名這個技能幫自己改名。
雖然我會改名，也是因為想要蓋過那傢伙替我取的名字。
即使如此，我卻沒有把那傢伙幫我改的名字，改回原本的名字，就是因為我覺得自己沒資格使用那個一度被玷汙的名字。
也許就是因為這樣吧。
我才會認為自己已經失去回到那座村子的資格。
即使是現在，我依然如此認為。
只不過，我已經累得顧不了那麼多了。
已經夠了吧。

不要繼續糾結於奇怪的事情，回去好好休息也無所謂不是嗎？

有別於這樣的想法，被怒火支配的另一半意識高聲喊著還不夠。

聽到那聲音，我反倒下定了決心。

回去那座村子吧。

如果不趁我現在還保有理智的時候回去，就會發生無法挽回的事。

既然已經這麼決定，那還是早點行動比較好。

因為光是待在這個村子，就讓我心中的怒火逐漸累積。

這個村子如今已經變成廢村。

我就待在村裡某間半毀的房屋。

待在這間可恨的屋子裡。

我原本明明不該來到這裡，但雙腿還是自然走向這裡，應該是因為以前一直待在這裡吧。

我過去一直在這間屋子裡被逼著製造魔劍。

日復一日。

心懷怨念與怒火。

因此，我對這間屋子與這個村子只有不好的回憶。

光是待在這裡，我就會想起那段可恨的回憶，理性像是要融化一樣。

就算只有一分一秒也好，我應該盡快離開這裡。

走出屋外，厚重的雲層覆蓋著天空。
彷彿在暗示著我的未來一樣，讓我的心情更加低落。
即使如此，我還是朝向前方邁出腳步。
目標是魔之山脈的哥布林村。
好啦，回家吧。

就在開始越走越冷時，我突然停下腳步。
奇怪？
我是要走去哪裡？
我記得自己好像正前往某個重要的地方。
但我不曉得那個地方是哪裡。
……算了。
既然想不起來，應該就代表這件事沒那麼重要吧。
現在最重要的事，就是想辦法宣洩這股胸中滿溢的怒火。
啊啊。我好恨。
我好恨，想殺人。我恨，想殺人！
「吼喔喔喔喔喔喔！」

胸中滿溢的怒火就這樣化為聲音衝出喉嚨。

聽到這聲震耳欲聾的咆哮，我感覺得到周圍的生物全都逃走了。

一個都別想逃。

如果要壓下這股怒火，就只能靠殺戮了。

殺、殺、殺。

我要殺光一切。

# 5 我要去爬山

在廢村過了一夜後，我們朝向魔之山脈出發了。

咦？

靈異事件？

那種事情才沒發生呢！

不管是多麼詭異不祥的地方，這個世界都不可能鬧鬼。

因為人一旦死掉，靈魂就會被強制送回女神大人身邊。

如果不是強到足以違抗神明的凶惡幽靈，就無法留在這世上。

話說回來，那種傢伙已經不算是幽靈了吧。

要是真有那種傢伙存在，問題就大了。

總之，我們平安無事地在村裡過了一夜。

人偶蜘蛛們自不待言，就連吸血子都睡死了，我是該佩服她神經變大條，還是該感嘆她變得一點都不淑女了？

這種時候不是對梅拉說「人家怕得睡不著，拜託陪我一起睡」這種話的大好時機嗎？

因為她現在還是個孩子，可以跟男人合法同睡一張床。

就算不會發生靈異事件，也能引發戀愛事件吧。

我一邊暗自抱怨吸血子的不成材，一邊在馬車上搖來搖去。

因為很冷，我還用毛毯裹住身體。

你問我為什麼不用下車走路？

想也知道我不可能走山路吧？

我有信心自己走不到一小時就會不支倒地！

因為魔王也明白這點，才會打從一開始就讓我待在馬車上。

沒錯，我在魔之山脈的任務，就是像這樣乖乖坐在馬車上。

也就是當行李！

當其他人都在氣喘吁吁努力爬山的時候，只有我怡然自得地坐在馬車上。

嗯～我還真是大牌。

話雖如此，但如果問我輕不輕鬆，倒也沒這回事。

首先，這裡很冷。

魔之山脈是萬年雪永不融化的極寒之地。

儘管旅程才剛開始，我們還在海拔較低的地方，就已經感覺相當冷了。

就算裹著毛毯，還抱著會發熱的魔石，也還是很冷。

雖然叫做魔石，但這顆魔石本來只是普通的石頭。
是一顆利用魔法附加，也就是能夠把魔法之力灌注到物品中的技能，灌注了火魔法之力的石頭。
製作者是魔王。
因為材料是石頭，所以價格居然是零元。
可說是非常划算。
因為當我們還在城鎮裡時，就已經做出好幾顆這種魔石，所以每個人身上都帶著幾顆。
順帶一提，沒有能力值的我拿到了最多顆。
雖然現在還只有用到一顆，但要是天氣變得更冷，我就會同時拿出好幾顆來用。
不，其實我現在就已經想拿好幾顆出來用了。
因為實在太冷啦！
可是，要是在低海拔的地方就喊苦，後面應該會撐不下去，所以我靠著意志力忍住了。
問題不是只有寒冷。
還有暈車。
因為馬車會搖晃。
晃來晃去晃個不停。
當然會讓人覺得不舒服。

嗚嘔！

至於馬車為什麼會搖成這樣，是因為這輛馬車沒在地上跑。

如果有人覺得我在胡說八道，我會說那是正常的感想，但也希望那些人稍微思考一下。

馬車有可能在這種未經鋪設的山路上跑嗎？

答案是……想也知道不可能吧！

那你們覺得這輛馬車是怎麼前進的？

答案是……用揹的。

誰揹？

艾兒。

一個幼女正揹著馬車爬山。

在旁人眼中，那副光景應該非常不現實吧。

可是，先不論外表如何，裡面可是能力值破萬的怪物。

揹著馬車爬山根本不算什麼。

只不過，坐起來非常不舒服這點，是美中不足的地方。

因為是被人揹著走，所以當然會搖晃。

即使如此，艾兒也已經是相當小心地在走了。

換作是其他人偶蜘蛛的話，就不會顧慮到上面乘客的感受，坐起來會出大事。

沒錯。

就是那種絕對不能詳細描述的大事。

嗚嘔！

我不得不忍受著寒冷與暈車的雙重攻勢。

雖然這煩惱對在外面走路的其他人來說有些奢侈，但希望他們能體諒一下我這個沒有能力值的傢伙。

如果可以自己走的話，我也會自己走。

啊，正確來說，不是所有人都用走的。

吸血子和梅拉騎在負責拉馬車的地竜上。

因為現在是艾兒在搬運馬車，所以兩隻地竜就無事可做了。

這兩隻地竜都被梅拉用技能馴服了。

梅拉似乎在人類時代似練就了各種身為隨從的技術，其中好像也包含擔任車夫的經驗。

隨從當車夫正常嗎？這種不識趣的問題千萬別問。

然後，雖然因為這個緣故，他原本就擁有調教這個技能，但在馴服那些地竜的時候，這個技能又變得更強，進化成其上位技能——召喚。

馴服魔物的方法有兩種。

一種是透過技能強制馴服。

就是利用調教與其上位技能——召喚，硬逼對方服從自己。

另一種則是先得到對方的認同，然後再定下契約。

以前者的情況來說，可以強制支配想要馴服的魔物。

當然，此時要是術者的實力沒比魔物強，技能就會發動失敗。

只不過，如果有先削弱對方再使用技能的話，就不在此限。

因為不需要取得對方的同意，所以立刻就能讓魔物聽令辦事。

相對地，那也只能讓對方聽令辦事，踐踏了魔物本身的意願。

最好別以為魔物在支配前與支配後會有著同樣的能力。

因為那會讓擁有自我意志的魔物，變得像是只會聽從命令的機器。

至於另一種先被對方承認為主人再定下契約的方法，則能夠保留魔物本身的意志。

因為魔物還留有自我意志，所以也可能造反。

不過，如果雙方之間有著真正的羈絆，比起用技能強制支配，更能讓魔物變成強大的同伴。

這就是所謂的友情之力吧。

而梅拉所採用的方法，是先讓魔物承認自己是主人再定下契約。

因為這兩隻地竜的種族特性，是會一輩子效忠一度認定為主人的人，所以用這種方法比較好。

如果是為了梅拉這個主人，牠們應該會拚命奮鬥吧。

不過，因為在這群成員中，兩隻地竜的實力只強過我，所以應該不會有這種機會吧。
你們兩個的工作就是搬行李。
因此，一旦兩隻地竜快要不行了，我想騎在上面的兩人應該就會下來，用轡繩牽著牠們走。
畢竟騎在上面的兩人的能力值還比較高。
就算兩隻地竜累了，吸血鬼二人組應該也還是活蹦亂跳的吧。
這件事目前還沒發生，兩隻地竜的腳步還很輕盈。
只要側耳傾聽，就能聽到魔王、吸血子與梅拉的閒聊內容。
「這座山裡有需要提防的魔物？」
「嗯？只要有我在，就沒有需要提防的魔物，不過這裡姑且算是冰龍的地盤，頂多就只有那些傢伙了吧。」
「除此之外呢？」
「嗯，照理來說，應該是哥布林吧。」
「咦？」
咦？
吸血子的聲音跟我的心聲重疊了。
哥布林……她是說那種最具代表性的下級魔物嗎？
「因為牠們都是些跟地龍一樣有著武士精神的傢伙。比起武士，說是修羅應該比較貼切吧？

雖然單獨一人的實力不強，卻會無懼死亡果敢奮戰。因為這樣的傢伙會集體發動攻擊，所以一般人應該抵擋不住吧。」

那是哪個世界的哥布林啊？

就是這個世界的哥布林啦！

不，我認識的哥布林可不是長這樣。

真是太扯了。

「再來就是猿猴了吧。」

魔王與吸血子之後也一邊閒聊一邊前進。

這表示她們還有能夠邊走邊聊的餘力。

要是爬到更高的地方，她們應該也會失去這樣的餘力。

不過，那應該會是很久以後的事情吧。

我真懷念還有這種想法的那時候。

好、好冷！

與其說是冷，不如說是冰！

與其說是冰，不如說是痛！

雖然我並沒有小看雪山，但環境惡劣的程度還是超乎我的想像。

我用毛毯裹住身體，還把魔石全塞進去，但還是會覺得冷。
雖然我已經躲在馬車裡瑟瑟發抖，但光是這樣都會不斷被奪去體力。
這可真是難熬。
開始攻略魔之山脈後過了幾天。
雖然我們很順利地往前推進，但越是前進就越是寒冷，讓這趟旅途變得越來越難熬。
雖然不斷飄落的雪很美，但也無比可恨。
一旦下雪，馬車屋頂就會積雪。
因為要是雪積得太多，屋頂就會被壓垮，所以必須定期把雪甩下來。
艾兒搖晃馬車，把屋頂的積雪甩下來。
馬車晃來晃去。
感覺像是一種新型遊樂設施，讓坐在上面的我每次都覺得快要死掉。
正確來說，感覺很難受。
所以，我每天都一邊祈求不要下雪一邊移動。
但這種時候雪偏偏下個不停！
馬車搖來搖去！
真的好暈好難受。
然後，既然下了這麼久的雪，地面當然也會積雪。

積雪的高度已經遠遠超過人的身高。

而且因為是新雪，所以很柔軟。

要是把吸血子往雪上一丟，應該會直接整個人陷進去吧？

而那些積得老高的雪，被走在前面的魔王用手挖出了一條路。

比鏟雪車還要厲害。

能力值真是偉大。

「嗯～這實在是有些奇怪。發生什麼事了嗎？」

魔王一邊剷雪一邊喃喃自語。

根據她的說法，不管天氣有多冷，下了這麼久的雪還是很奇怪。

這座魔之山脈難以攻陷的最大理由，就是因為這裡是龍的住處。

據說掌管冰的冰龍一族就盤踞在這座山脈，正好夾在人族領土與魔族領土之間。

如果人族和魔族想要入侵對方的領土，就必須通過冰龍的地盤，所以想要越過魔之山脈侵犯對方領土，實質上幾乎等於不可能。

而且這種寒冷是冰龍造成的。

由於冰龍們會一直釋放出寒氣，所以附近地區都會變冷。

當然，越是接近寒氣的源頭，氣溫就會越低。

換句話說，越是接近中央地區就越危險。

雖然我們正前往中央地區，正確來說是已經來到中央地區附近，但就算是這樣，這種狀況似乎還是很奇怪。

這也難怪。

畢竟我們已經使用了許多魔王特製的魔石，也還是冷到渾身發抖。

雖然我已經用毛毯把全身都包得緊緊的，還把魔石塞在裡面，但毛毯外側居然還能結凍。

要是沒有魔石的話，我恐怕會跟著毛毯一起結凍。

儘管天氣冷成這樣，但外面正在下雪。

以目前的氣溫來說，要是沒下冰雹才奇怪，結果卻是下雪。

實在是太神奇了。

我很清楚這些雪不是自然現象，而是魔法的產物。

那降下這些雪的人是誰呢？

當然是這座魔之山脈的主人——冰龍。

「難不成對方是在提防愛麗兒小姐嗎？」

「不。冰龍應該也很明白自己打不過我。而且我們之間有著井水不犯河水的默契。畢竟我上次經過這裡時，對方就沒有迎戰，我想目標應該不是我才對。」

隔著凍結的毛毯，我聽到吸血子與魔王的對話。

雖然我冷到顧不得聽，但對話的內容讓我頗感興趣。

我稍微把毛毯拉開一道縫隙，讓魔王與吸血子的對話能夠聽得更清楚。

在此同時，冰冷的空氣從隙縫鑽了進來。

好冰！

我要結凍了！

「除了我們之外，其他闖進這座魔之山脈的外人……難不成是那隻巨魔？」

聽到魔王這句話的下一瞬間，我把毛毯恢復原狀。

呼～我還以為自己會結凍。

可是，怎麼又是巨魔？

這隻巨魔還真是活力十足。

到處惹事生非。

年輕真好。

雖然我也是實際年齡跟吸血子一樣的幼女就是了。

話說回來，幹掉妖精之後，接下來是龍啊。

巨魔先生還真是好戰。

牠為什麼要接二連三地挑戰強敵呢？

因為牠在找尋比自己更強的傢伙嗎？

如果是這樣的話，世界最強的魔王大人就在這裡喔。

可以體會到能讓人說出「唔！沒想到我居然完全無法還手！」這句話的實力差距喔。
雖然在說出這句話之前，可能就會被碎屍萬段了。
搞不好不只是碎屍萬段，甚至會被挫骨揚灰。
如果這種異常天氣是那隻巨魔造成的，那我還真希望這件事情發生。
老實說，那傢伙超級令人困擾。
因為那隻巨魔的緣故，我們被迫留在城鎮裡，還像這樣遇上異常天氣，可說是一件好事都沒有。
啊，牠殺了那些妖精應該算是好事吧。
不過，正負相抵後還是負的。
差不多該請牠退場了。
如果這是故事的話，擊敗冰龍的巨魔就會阻擋在我們面前，被我們靠著友情之力擊敗。
不過，巨魔似乎是被帝國軍趕跑的，我不認為牠能戰勝龍。
冰龍啊，拜託你趕快擊敗巨魔，讓這場大雪停下來吧。
要不然我真的會沒命啊！
我不斷發出牙齒打顫的聲音。
「哇靠！」
就在這時，我聽到魔王發出女生不該發出的叫聲。

我覺得女生不該發出「哇靠！」這樣的叫聲。

為了看看發生了什麼事，我把毛毯拉開一道縫隙，偷偷看向外面。

哇靠！

我有一瞬間忘記了從隙縫鑽進來的冷風。

眼前的光景就是有著如此強大的震撼力。

那是猿猴。

也是我的惡夢。

更是我的心靈創傷。

出現在眼前的是我想忘也忘不掉，過去在艾爾羅大迷宮下層集體霸凌弱小的我的那種猿猴！

我記得那種猿猴好像叫做巨口猿。

雖然我在旅途中聽魔王說過，那種猿猴的別名是復仇猿，一旦同伴被殺，就會集體去找凶手報仇，是一種很難纏的魔物。

而且直到復仇對象死去之前，這些傢伙絕對不會放棄。

就算看到這種猿猴也絕對不能殺。

因為只要殺死一隻，就會有一整群前來襲擊。

嗯。

當初我被襲擊時就覺得奇怪，不明白牠們為何會拚盡全力襲擊一隻蜘蛛，但既然牠們的習性就是如此，那我也只能接受……

接受個鬼啦！

對方都已經殺過來了，還不能殺死對方，這是哪門子的爛遊戲啊？

只要有一隻被殺，就會不斷襲擊對手，直到我方全滅為止，這種習性以生物來說根本就有問題吧！

而這種猿猴正往我們這邊逼近。

而且不是只有一隻兩隻，是一大群。

總覺得看起來有點像是猿猴組成的巨浪！

真的假的！

我可沒聽說這座魔之山脈也是這種猿猴的棲息地啊！

「「「「「「「「「「「「「「「「吼嗚！」」」」」」」」」」」」」」」」

吼嗚個屁啊！

這種惡夢般的光景是怎麼回事！

這也是巨魔到處作亂的影響嗎？

難道牠們是為了不被巨魔與冰龍的戰鬥波及，才會集體大規模遷徙嗎？

那隻巨魔也未免太會給人添麻煩了吧！

「不會吧！哇靠！」

連魔王都因為眼前的光景太過震撼而有些驚慌失措！

吸血子與梅拉甚至完全僵住了。

就算這裡很冷，也不能整個人都僵住吧！

除了揹著馬車的艾兒之外，其他人偶蜘蛛都已經準備好要迎戰了。

拜託不要只在這種時候變得可靠啦！

「啊……看來是躲不過了。算了，要打就來吧！」

面對進逼而來的猿猴巨浪，魔王立刻發動魔法。

話雖如此，但失去技能的我，其實看不見魔王準備發動的魔法。

只是從魔王的動作，隱約察覺她似乎正準備發動魔法。

咦？

等一下。

在這種情況下施展魔法是不是有些不妙？

「看招！」

就在我發現這個事實的同時，魔王放出了魔法。

黑暗的奔流從魔王掌中放出。

那是什麼？〇派氣功嗎？

魔王用超強能力值放出的暗黑魔法，直接射進猿猴大軍之中，然後當場往外擴散。

引起了巨大的爆炸。

即使猿猴是難纏的魔物，但單一個體的戰力並不強，連還很弱小時的我都能擊敗。

牠們不可能抵擋得住魔王的魔法，整個群體都被一掃而空。

但後面才是問題！

魔王放出的魔法餘波往周圍擴散，引發了某種現象。

不下於剛才逼近眼前的猿猴大軍的龐然大物向我們襲來。

你問我那是什麼？

當然是雪啊！

雪崩啦！

即使處在這種連毛毯都會結凍的氣溫之下，這種魔法雪還是保持著鬆軟。

如果在積滿這種雪的山裡發生大爆炸，會發生這種事也很正常吧！

雖說如果要一口氣消滅進逼而來的猿猴大軍，就只能使出廣範圍且高殺傷力的魔法，但要是因此帶來比猿猴更可怕的威脅，簡直就是本末倒置。

看到進逼而來的雪崩，魔王也露出知道自己搞砸的表情。

嗯，算了，突然被猿猴大軍襲擊，就算因為驚慌失措而做出錯誤決策，其實也怪不得她啦。

雪崩有如怒濤般進逼而來。

「大家散開！」

為了不輸給雪崩發出的巨響，魔王大聲一喊。

聽到這句話，所有人都縱身一躍！

靠著透過能力值強化的腿力，我們一口氣跳到彷彿飛上天空般的高度。

然後繼續使出空間機動這個技能，在空中奔跑。

吸血子和梅拉也一樣跳了起來，在千鈞一髮之際躲過雪崩。

至於兩隻地竜，則是由莉兒與菲兒抱著。

雪崩以驚人的速度從下方通過。

而我正筆直朝著雪崩墜落。

嗯嗯嗯……嗯？

我人在天上。

跟馬車合體的艾兒則位在不遠的地方。

嗯～？

什麼！

我試著把握現況。

看來在艾兒跳到空中時，我好像因為反作用力被拋到馬車外面了。

即使是艾兒，在那種狀況下似乎也沒有多餘的心力能顧及到我。

哈哈哈。

現在不是笑的時候吧！

我的天啊！

糟了糟了糟了！

再這樣下去，我會筆直摔進雪崩之中！

而且用毛毯裹住身體的我什麼都做不到！

雖然就算沒用毛毯裹住身體，在這種狀況下我也無能為力就是了！

「莎兒！快去支援！」

魔王對唯一還有餘力的莎兒下達指示。

只要聽到指示，莎兒就會乖乖照做。

她迅速行動，抓住了我。

但還是慢了一秒！

莎兒是在我被雪崩吞沒的前一刻抓住我。

莎兒的手抓住了我的毛毯。

但毛毯隨著啪擦的不祥聲音撕裂開來。

就算結凍了，毛毯也還是毛毯。

支撐不住一個人的體重。

我的身體像是要被吸進雪崩之中般像下墜落。

我在無意識中往上方伸出手，而莎兒勉強抓住了我的手！

可是，我的身體已經被雪崩吞沒，害得莎兒也跟著一起被雪崩吞沒。

儘管在雪中翻來覆去，分不清上下左右，莎兒還是拉起了我，讓我能再次看到天空。

莎兒似乎是用蠻力從雪崩裡鑽了出來。

雖然我被拉著的手發出有些不妙的疼痛，但這也是無可奈何的事。

「抓住我！」

遲了一步趕到的吸血子從空中向我們伸出手。

在雪中翻滾的我沒有餘力伸出手。

莎兒抓住吸血子的手，而梅拉又抓住吸血子的手，想要把我們拉起來。

但吸血子的身體就在此時撞到了某樣物體。

「咦！」

「大小姐！」

那物體緊緊抱住了被撞到的吸血子，是被雪崩沖過來的猿猴！

等等！這傢伙不是！

真的假的？

猿猴居然還在啊！

因為被猿猴撞到的衝擊，吸血子嬌小的身軀摔進雪崩之中。

拉著吸血子的手的莎兒與梅拉，還有抱住牠身體的猿猴也摔了進去。

我？當然也一起摔進去了。

都是這隻臭猿猴害的！

雖然牠可能是為了讓自己別被沖走，才會拚命抓住撞到的東西，但結果還是被沖走了啊！

我們就這樣握著彼此的手，消失在雪崩之中。

那魔王的救援呢？

仰望天空的我，在被雪崩吞沒的前一瞬間，看到猿猴大軍撲向魔王。

什麼？

猿猴居然還有這麼多？

話說回來……

喂，猿猴啊！就算被捲入雪崩之中，你們也還是要報仇嗎？

這也未免太扯了吧！

在那種狀況下，我們無法期待魔王前來救援。

在理解這個事實的瞬間，我的身體被雪崩完全吞沒了。

然後，在視野暗下來的同時，我的意識也墜進黑暗之中。

# 鬼5　鬼與冰龍

我手中的刀子噴出火焰。

那是能夠燒盡世間生物的業火。

但如今已經變成微弱的燈火，只能稍微提高我的體溫，立刻就被撲滅了。

原本應該纏著火焰的刀身上，取而代之地結上一層厚厚的冰。

「咕嗚！」

我無視於這些狀況，朝向眼前的龐然大物揮下刀子。

在傳出堅硬聲響的同時，我的手上感到一陣衝擊。

雖然刀身上的冰因為那股衝擊而碎裂散落，但底下的刀刃沒能撕裂敵人的身軀，被存在於體表的強韌鱗片擋住了。

好硬。

而且好遲鈍。

極度寒冷的環境讓我的身體動作變得遲鈍，無法隨心所欲發揮實力。

『可悲。真可悲。』

連閃都不閃就硬接下我的攻擊的龍，一邊悠然俯視著我，一邊把念話傳了過來。

我無視於對方的念話，把另一隻手拿著的刀揮了出去繼續追擊。

帶有雷電的斬擊直接砍中鱗片，爆出紫色的電光。

然而，那種讓人聯想到水晶的鱗片上，仍舊沒有留下任何傷痕。

『不管再砍幾刀也沒用。雖然汝也是世間少見的強者，但還是比不上妾身。雖然比不上地龍，但防禦力也是妾身的強項。』

龍用古人的口氣說話。

雖然口氣驕傲自大，但透過念話傳來的卻是年輕女性的聲音。

看來這隻龍似乎是母的。

那是一隻全身覆蓋著有如水晶般的鱗片，身體曲線優美的美麗的龍。

掌管的屬性是冰。

牠光是站在那裡，就能讓周圍的氣溫降低，造就一塊極寒之地。

我讓火焰纏著刀身。

雖然火馬上就熄滅了，但要是不定期這麼做，身體就會結凍。

這裡的氣溫現在到底是幾度？

我很肯定至少低於零度。

即使是在冬天的北海道，應該也不會冷到讓人身體凍結。

猛烈的暴風雪不斷打在我身上。
停留在身體上的雪逐漸奪走我的體力與體溫。
因為穿著衣服反而會結凍，讓寒冷變得更難抵禦，所以戰鬥開始沒多久後，我就把衣服全部脫掉，只留下遮住下半身重要部位的衣物。
以客觀的角度來看，我等於是在半裸戰鬥。
雖然這副光景應該相當可笑，但我可是拚了命的。
……話說回來，為什麼我會跟這種龍打起來？
我不知道。
雖然我有試著回想事情變成這樣的經過，但腦袋就像是蒙上一層霧般無法好好思考。
我記得自己應該正前往某個地方。
我到底是要去哪裡呢？
我想不起來。
我明明應該有個想去、想要回去的地方，但卻想不起來。
總之，我必須擊敗眼前的敵人才行。
「吼喔喔喔喔喔！」
『真是太可悲了。汝已經滿腦子只有戰鬥了嗎？』
我輪流揮舞雙手上的刀子，使出連續攻擊。

凍僵的手使不上力氣，凍僵的身體也做不出俐落的動作。

就憑那種攻擊，不管砍多少下，也沒辦法傷到龍的鱗片分毫。

不過，我依然傻傻地不斷攻擊，最後龍終於一臉厭煩地翻身了。

『要殺死汝並不困難。而且妾身也想答謝一下把這座山脈搞得雞犬不寧的汝。但我家主子吩咐妾身盡量別對汝等轉生者出手。很遺憾，妾身無法幫汝解脫。』

拍打翅膀飛上天空的龍不知道說了些什麼。

總覺得牠好像說了非常重要的事情，但話語的意義並沒有停留在我腦中。

明明有聽到聲音，但內容卻沒有進到腦袋裡面。

『……不過，妾身沒有親自下手，但汝還是死於這股嚴寒的話，那就只能算是意外了。』

龍揚起嘴角。

雖然我看不太出龍的表情變化，但我隱約感受到一種愉悅且不懷好意的感覺。

不過，龍很快就收起這種表情，眼中射出冰冷的光芒。

那是無愧於這塊極寒之地支配者身分的冰冷目光。

『汝就在這塊極寒之地一無所成地死去吧。這對汝來說也是一種幸福。』

最後用憐憫的眼神看了我一眼後，龍就飛走了。

眼前的威脅消失了。

話雖如此，但向我襲來的暴風雪並沒有減弱。

光是站著不動，我就覺得生命力正在被剝奪。
我得快點過去才行。
……去哪裡？
我應該正在前往某個地方的路上。
我到底想去哪裡？
那應該是個非常重要的地方才對。
然而，我卻無論如何都想不起來。
明明希望想起，卻又不想想起。

因為那個地方已經消失了。
我失去了一切。
失去家人，失去驕傲。
我什麼都沒有了。
也沒有回去的資格。
因為我在那個地方，把妹妹〇掉了……

「殺掉。」

我聽到命令。
手裡傳來勒住纖細脖子的感觸。

「吃掉。」
我聽到命令。
露出的獠牙刺破皮膚，血腥味在嘴裡擴散開來。

……我剛才是不是差點就想起某件不該想起的事情？
我不知道。
或許不知道才是最好的。
總之，如果不離開這裡，我就會凍死。
我該何去何從？
正當我想著這個問題時，我看到遠方有某種東西從地面飛向天空。
那應該是魔法吧？
反正我也不知道該去哪裡。
就往那邊前進吧。
於是，我連本來的目的地都忘記，朝向偶然看到的東西走了過去。

魔物圖鑑
file.27

# 冰龍妮雅

LV.95

status【能力值】

HP 18761／18761

MP 19755／19755

SP 11049／11049

10994／10994

平均攻擊能力：11036
平均防御能力：20461
平均魔法能力：19892
平均抵抗能力：20137
平均速度能力：10958

skill【技能】

「冰龍LV10」「天鱗LV10」「重甲殼LV10」「神鋼體LV10」「HP高速恢復LV1」「魔力感知LV10」「精密魔力操作LV8」「MP高速恢復LV10」「MP消耗大減緩LV10」「魔神法LV1」「大魔力擊LV2」「SP高速恢復LV10」「SP消耗大減緩LV10」「破壞強化LV7」「打擊強化LV5」「斬擊強化LV5」「貫通強化LV5」「衝擊強化LV5」「水流強化LV10」「凍結強化LV10」「暴風強化LV10」「異常狀態大強化LV10」「鬪神法LV1」「氣力擊LV2」「水流攻擊LV10」「凍結攻擊LV10」「空間機動LV10」「高速飛翔LV6」「聯手合作LV10」「統率LV4」「眷屬支配LV10」「集中LV10」「思考超加速LV4」「未來視LV4」「平行意識LV3」「高速演算LV10」「命中LV10」「閃避LV10」「機率大補正LV10」「隱密LV10」「隱蔽LV10」「無聲LV10」「無臭LV10」「無熱LV10」「帝王」「氣息感知LV10」「危險感知LV10」「動態物體感知LV10」「熱感知LV10」「咒怨LV10」「水魔法LV10」「水流魔法LV10」「蒼海魔法LV10」「冰魔法LV10」「凍結魔法LV10」「冰獄魔法LV10」「風魔法LV10」「暴風魔法LV10」「嵐天魔法LV10」「外道魔法LV10」「破壞大抗性LV5」「打擊大抗性LV4」「斬擊大抗性LV6」「貫通大抗性LV4」「衝擊大抗性LV3」「火抗性LV1」「水流無效」「凍結無效」「暴風無效」「大地抗性LV5」「雷光抗性LV1」「聖光抗性LV2」「暗黑抗性LV1」「重大抗性LV2」「異常狀態無效」「酸抗性LV2」「暈眩抗性LV3」「恐懼大抗性LV3」「外道大抗性LV7」「痛苦無效」「痛覺無效」「夜視LV10」「萬里眼LV7」「五感大強化LV10」「知覺領域擴大LV10」「天命LV10」「天魔LV10」「天動LV10」「富天LV10」「剛毅LV10」「城塞LV10」「天道LV10」「天守LV10」「韋馱天LV10」「懶散LV6」

牠是統治魔之山脈的冰龍族長。即使在龍種之中，也是實力特別強大的其中一頭古龍。牠那全身覆蓋著有如水晶般鱗片的模樣，就像是藝術品般美麗。可是，由於牠會讓周遭的大範圍區域，都覆蓋在極度寒冷的暴風雪之中，不斷削弱附近生物的體力，所以想要一睹風采可說是極為困難。即使能夠成功抵達牠面前，牠那美麗的鱗片也有著誰也無法造成損傷的硬度。雖然沒人知道傳聞真假，但據說在魔之山脈遇難的冒險者只要獻出酒，就能得到冰龍的救助。危險度是人類無法對付的神話級。

# 6 我遇難了

劈啪劈啪！火焰燃燒的聲響把我叫醒。

大家早。

「啊，妳醒啦。」

正當我還有些昏昏沉沉時，吸血子向我搭話。

這讓我想起失去意識前發生的事，一口氣清醒了。

「感覺如何？身上有會痛的地方嗎？」

聽到吸血子這麼問，我再次檢查身體的狀況。

沒有任何地方感到不適。

雖然被莎兒抓住的手臂感覺應該斷成好幾截了，但現在也已經變得完好如初。

看來在我昏過去時，她似乎有替我治療。

我對吸血子點了點頭表示肯定。

「是嗎？那就好。」

雖然語氣有些冷淡，但我能隱約得到她鬆了口氣。

「謝謝。」

畢竟被她救了一命，我還是道謝了。

就算我再怎麼不擅長說話，這種時候還是得好好道謝。

「這、這又不是什麼大不了的事情！」

嗯？這反應是怎麼回事？

傲嬌嗎？

算了。

看來我並沒有在天堂醒來，平安無事地活了下來。

真是太好了。

我挺起身體，環視周圍。

但只能看到冰牆。

難道是吸血子用冰魔法做出冰屋，讓我們在裡面避難嗎？

冰屋中央有著火堆，吸血子、梅拉與莎兒圍坐在旁邊。

「既然白大人已經醒了，那我們之後該怎麼辦？」

梅拉為確認後續行動而詢問吸血子。

「當然是去跟愛麗兒小姐她們會合。」

吸血子毫不猶豫地回答。

「話雖如此，但我們不該隨便行動。畢竟我們被雪崩沖走，不知道目前身在何方。我們還是主動發出信號，讓愛麗兒小姐她們來找我們吧。」

遇難時的鐵則。

就是不能隨便亂跑。

因為要是亂跑，只會更加迷失方向。

幸好我們用吸血子的魔法搭建了據點，連火都升好了。

這樣就能在某種程度上抵禦寒冷，而且只要有火就能把雪融化成水。

雖然食物是個問題，但也只能相信魔王會立刻趕到了。

以上是吸血子和梅拉的討論內容。

我跟莎兒只是在旁邊聽著。

沒辦法。

畢竟我毫無戰力，莎兒又是那副死樣子。

「要是真的不行的時候……要不要吃這個？」

說完，吸血子居然拿出一隻猿猴。

啊～那不是當時抱住吸血子的猿猴嗎？

喂，那傢伙死掉了耶！

那倖存的猿猴豈不是會來找我們報仇？

「到時候……就只能靠某人了……」
也許是察覺到我想說什麼，吸血子用意味深長的眼神看向莎兒。
眾人的視線都集中在莎兒身上。
我想也是。
既然莎兒是我們之中最強的人，要是發生事情的話，就得仰仗這傢伙了。
雖然被我們注視的莎兒表情毫無變化，但她似乎難以置信地愣住了。
這樣真的沒問題嗎？
這樣的莎兒沒問題嗎？
別擔心，沒問題的。
我想大概應該不會有問題吧。
「那我去發出信號。只要朝向天空發射魔法，愛麗兒大人肯定會看到吧。」
「嗯，麻煩你了。」
梅拉走出冰屋。
順帶一提，這間冰屋沒有出口。
要出去時好像一定得用冰魔法做個出口才行。
至於為什麼要弄得這麼麻煩，在梅拉進出時我就明白理由了。
超級寒冷的空氣從梅拉製造的出口鑽了進來。

咿咿咿……！

這是什麼溫度啊？

我要結凍啦！

梅拉朝向天空放出魔法，很快就回來了。

然後立刻堵住冰屋的入口。

這可真是不妙。

要是讓入口一直開著，我們大概三兩下就凍死了吧。

實在太冷了。

看樣子，我們大概無論如何都無法離開這裡了。

如果只有吸血子他們的話，可能還有辦法離開，但我是辦不到的。

要是去到外面，結局只會是凍死。

畢竟在被雪崩吞沒之前，我的防寒裝備——毛毯就已經撕裂，而且不知去向了。

在被雪崩吞沒的時候，保溫魔石似乎也遺失了。

換句話說，現在的我毫無禦寒能力。

雖然身上的衣服姑且能夠禦寒，但這裡的寒冷並沒有這麼簡單就能抵禦。

只能在這裡等魔王等人前來救援了。

畢竟馬車裡還有備用的魔石和毛毯，這樣就能解決問題。

總之，我們無事可做，只能圍著火堆取暖。

吸血子正在擺弄猿猴的屍體。

雖然她還聞了聞從傷口流出的血，但那傢伙很難吃喔。

我以前吃過，所以敢這麼斷言。

而且我在變成女郎蜘蛛後做過實驗，發現蜘蛛身體與人類身體的味覺並不相同。

雖然蜘蛛身體可以正常地食用那些噁心生物，但人類身體會因為太過難吃而吃不下去。

然後，就連蜘蛛身體都覺得難吃的東西，人類身體只會覺得更難吃。

猿猴是連蜘蛛身體都覺得難吃的東西。

換句話說，那不是人類能吃的東西。

我輕輕拉住吸血子的手，讓她放開猿猴。

對著一臉不可思議地看著我的吸血子，我用搖頭來表示意思。

那個不能吃。

吸血子似乎看懂我的意思，一臉厭惡地放開猿猴。

此時，我看到梅拉露出鬆了口氣的表情。

梅拉，你也不想吃那種東西對吧？

不過，他可能也覺得要是真的走投無路的話，那也是沒辦法的事。

所以他才沒有阻止吸血子的行動。

因為梅拉雖然是隨從，卻會在身為主人的吸血子犯錯時給予忠告。

可是，沒想到吸血子會因為在旅途中吃慣了魔物，把一看就知道很噁心的猿猴當成食物。

真不知道該為她變得堅強而感到高興，還是該為她變得不夠淑女而感嘆。

看吧。

梅拉正露出「大小姐，這樣不行啦」的表情。

因為明明主人的戰鬥力和適應能力都提升了，卻變得一點都不淑女。

嗯，該怎麼說呢？嗯，加油吧。

當我用溫暖的眼神守護著吸血子，不經意地把手擺在地上的瞬間，一股寒意突然竄上背脊。

想要撐住地面的手，碰到了某種東西。

那是把白色的大鐮刀。

以我過去的身體為素材，只屬於我的武器。

換言之，那可說是我的另一半。

本應擺在馬車上的大鐮刀，不知為何出現在這裡。

我在神化時吸收了炸彈的巨大能量，但因為只靠我無法完全吸收，讓這把大鐮刀也分攤了一些，導致它擁有幾種不可思議的能力。

雖然大致上都是以進化前的我的技能為基礎能力，但發動時機與每次發動的能力都不一樣，連我這個主人都無法掌握其全貌。

更重要的，是那些能力都不是憑我的意志發動，而是擅自發動的。
就像現在這樣。
只不過，這些能力都不是隨便亂發動，其中必定有著意義。
雖然這次八成是用轉移傳送到我身邊，但這把大鐮刀會這麼做必定有其意義。
這把大鐮刀必須在我手邊的意義啊。
我當時會那麼做是因為本能感覺到危險，並沒有特定目的。
我只是出於本能察覺到這樣下去會有危險，拿起大鐮刀站了起來。
就是這個簡單的動作，就結果來說救了我一命。

伴隨著爆炸的聲響，眼裡的景色迅速變化。

我不曉得發生了什麼事。
好痛。
我感到疼痛。
雖然全身都在痛，但雙手特別痛。
接下來，我發現白雪佔據了視野。
當我發現自己似乎趴倒在地上的瞬間，刺骨的寒冷襲向全身。

冷、冷死了！

這是冰屋外的溫度。

雖然想不通自己怎麼會跑到冰屋外面，但我知道這種酷寒可不是在開玩笑的！

我得趕快回到冰屋裡避難！

猛然起身後，我發現冰屋不見了。

只找到疑似冰屋殘骸的兩塊冰。

要是把圓頂的中央沿著直線挖掉的話，應該就會變成那種形狀吧。

正確來說，事實應該就是那樣。

只不過，我的目光不是放在被破壞掉的冰屋上，而是被站在冰屋後方的傢伙吸引住了。

人？

我看到了人影。

而且還是個在這種極寒之地脫到半裸的男人。

與其說是半裸，不如說是只用破布遮住下體，幾乎全裸的男人。

有、有變態啊！不對！

奇怪？他不冷嗎？

雖然腦海中浮現出這種無關緊要的感想，但在看到那張臉的瞬間就煙消雲散了。

不是因為那個不管怎麼看都是人類的傢伙額頭上有長角。

而是那張臉本身，讓我無法隱藏內心的驚訝。
我還記得那張臉。
「莎兒！動手！」
正當我驚訝得動彈不得時，吸血子的聲音響徹周圍。
莎兒從冰屋毀壞後的兩塊冰中，遺留的其中一塊冰裡衝了出來。
吸血子從另一塊冰裡現身，慌慌張張地環視周圍。
看來那兩人因為正好待在冰屋沒受損的部位，所以毫髮無傷。
嗯？也就是說，我是因為破壞掉冰屋的某種衝擊，才會被擊飛到這裡嗎？
我現在才發現自己身上發生了什麼事情，嚇得面如土色。
我現在還能像這樣活著，八成是因為在那瞬間剛好舉起大鐮刀。
那個舉動變成防禦動作，勉強幫我撿回了一命。
難怪我握住大鐮刀的雙手會痛。
大概是大鐮刀展開類似防護罩的東西，幫我減輕了傷害。
若非如此，憑我微弱的臂力，不可能擋得住威力足以破壞冰屋的攻擊。
攻擊……沒錯，那是攻擊。
我們被攻擊了。
被誰？

## 6　我遇難了

那還用問嗎？

在場只有一個新出現的人。

就只有那個長角的男子。

既然如此，那我們當然是被那名長角男子攻擊了。

所以吸血子才會叫莎兒動手。

莎兒解放六隻隱藏手臂，每隻手都拔出暗藏的武器，襲向那名長角的男子。

能力值破萬的莎兒衝了過去，速度快到身為常人的我根本看不到。

就連她剛才從解放隱藏手臂到拿出武器的一連串動作，我也只是因為事先知道才說得出來，其實並沒有親眼看到。

就跟即使懂槍的人有辦法解說，也沒辦法用肉眼看到射出的子彈是一樣的道理。

而且同樣也沒辦法阻止射出的子彈。

在我出聲制止之前，莎兒對長角男子的突擊就結束了。

正確來說，是在我想要出聲制止之前，突擊就結束了。

她的速度就是如此之快。

然後，像莎兒這麼厲害的魔物的突擊，尋常敵人不可能抵擋得住。

然而——

「不會吧？」

吸血子忍不住小聲呢喃。
因為長角男子用手上的雙刀，擋下了莎兒的斬擊。
真是驚人。
沒想到他居然能擋下莎兒的一擊。
然後，像是要證明那不是碰巧矇到的一樣，他還接連擋下了莎兒的連續攻擊。
雖然他似乎沒有餘力還手，但莎兒的攻擊也打不中。
兩人打得難分難捨。
看來那名長角男子似乎不是泛泛之輩。
事情到了這個地步，我已經知道那名長角男子的真實身分了。
因為他經常出現在話題中，要是想不到的話反而奇怪。
這傢伙就是在山腳下的城鎮擊垮冒險者，被帝國軍趕跑，還導致冰龍引發異常氣象的巨魔。
雖然那副模樣不管怎麼看都像是人類而非巨魔，但既然有長角，那應該就錯不了了。
也許他是從巨魔進化成某種特殊的種族。
總之，就暫時叫這傢伙「鬼兄」吧。
然後，如果我沒猜錯的話，這位鬼兄八成就是……
「梅拉佐菲！」
吸血子的叫聲響徹周圍，打斷了我的思考。

聲音大到我都耳鳴了！

看向聲音傳來的方向後，我看到露出痛苦表情的梅拉，以及衝到他身旁的吸血子。

這麼說來，我記得在冰屋裡的時候，梅拉就坐在我對面，而冰屋是被某種直線型攻擊擊飛。

既然我被擊飛了，那坐在對面的梅拉當然也會被擊飛。

然後，雖然我用大鐮刀勉強擋住了攻擊，但梅拉是毫無準備就被直接擊中。

「真是抱歉。我太大意了。」

不不不。

那完全就是偷襲，我覺得根本沒有什麼大意不大意的問題。

雖然我覺得那是無可奈何的事，但因為梅拉個性認真，就算是情有可原，應該也無法原諒被偷襲的自己。

也許他是覺得沒能事先察覺的自己很窩囊吧。

「沒關係。先把傷治好吧。」

吸血子對梅拉施展治療魔法。

那個……這裡也有傷患倒在地上耶。

沒人要理我嗎？

這樣啊……

逼不得已，我用大鐮刀代替拐杖，勉強靠自己站了起來。

因為被轟飛時的衝擊，我全身都在痛。

扶著大鐮刀的手特別痛，也許是骨頭裂開了吧。

而且不光是疼痛，低溫也無情地向我襲來。

啊，這情況相當不妙。

雖然還不至於馬上就會死，但要是持續太久的話就糟了。

我可能不到一小時就會被凍死。

糟糕。我得趕快解決問題，重新蓋間冰屋進去避難。

話雖如此，但我到底該怎麼解決眼前的問題？

我看向跟莎兒正面交鋒的鬼兄。

老實說，我覺得能跟莎兒打得不相上下的他很厲害，但最後應該還是莎兒會贏。

證據就是，莎兒看起來還游刃有餘，但鬼兄感覺已經使出全力。

不但能力值破萬，還能以此使出六刀流。因為是人偶，所以能使出人類不可能辦到的劍技，再加上蜘蛛型魔物擅長的毒魔法與黑暗魔法。

不光是能力值，兼具堅強實力與奇特招數的人偶蜘蛛戰法，在初次遇到時是很難對付的。

因為以往都是對付那種一擊就能擊敗的超弱敵人，要不然就是兩年前事件中的戰車那種攻擊完全不管用的超級強敵，讓她們沒機會發揮實力，但其實人偶蜘蛛們的真正價值就在於她們的多才多藝。

不但擁有蜘蛛型魔物本身的能力，還能透過操縱人偶來模仿使出人類的戰技。

而且因為是人偶，所以還能做出超出人類極限的動作。

說得明白點，只要能力值不相上下，絕大多數對手都能戰勝。

她們的應變能力就是這麼強。

……雖然她們平常很不可靠，讓我幾乎忘了這個事實。

總之，因為這個緣故，只要繼續打下去，莎兒顯然會獲勝。

因為很久沒遇到實力不相上下的對手，讓她看起來有些焦急，沒能完全發揮實力，這肯定是我的錯覺。

就當作是這樣吧。

只要莎兒冷靜下來，形勢應該就會慢慢倒向她才對。

可是，這樣真的好嗎？

因為那位鬼兄不管怎麼看都是……

「你這傢伙居然敢這麼做。」

吸血子再次打斷我的思考，搖搖晃晃地起身並喃喃自語。

心愛的梅拉被人偷襲弄傷，感覺好像讓她氣瘋了。

我能看到漆黑的殺氣。

那個～就算治好梅拉了，妳還是不理我嗎？

雖然我靠著自己站了起來，但身上的傷勢還挺嚴重的耶。
原來我根本沒被放在眼裡嗎？這樣啊……
可是，我現在可不能被人無視。
為了阻止看似隨時都會撲向鬼兄的吸血子，我搖搖晃晃地走了過去。
「白大人！」
梅拉率先注意到這樣的我。
重新起身的梅拉，看起來已經被自我恢復能力與吸血子的治療魔法完全治好了。
他的衣服在被擊飛時破掉，看上去變得既狂野又性感。
繼鬼兄之後，這個極寒之地裡又多了個穿著暴露的男子。
「啊。」
看到遍體鱗傷的我，吸血子發出愚蠢的叫聲。
那聲「啊」是什麼意思！
妳忘記了吧？徹底忘記我的存在了對吧！
「糟糕！我得快點幫她療傷！」
吸血子在一瞬間露出大事不妙的表情，然後立刻換上慌張的表情衝到我身邊。
雖然她確實很慌張，但應該有超過一半原因是因為把我忘記吧？
就算我用充滿不信任的眼神，看著有些尷尬地開始替我療傷的吸血子，也不能怪我吧。

不過，現在還有比那更重要的事情。

「那個。」

我一邊接受吸血子的治療魔法，一邊指向正在跟莎兒戰鬥的鬼兄。

至於不能用手指著別人這種小事，這種時候就別管那麼多了吧。

「妳說那傢伙？他八成就是傳聞中的巨魔吧。沒想到巨魔長得跟人類這麼像。」

不，那種事我也知道。

那不是重點。

我想說得不是那種事。

難不成吸血子沒發現？

「笹島同學。」

然後，我說出從剛才就一直很在意的事情。

正在跟莎兒戰鬥的鬼兄。

我認得那張臉。

只不過，我們不是在這個世界認識的。

在我身為若葉姬色的記憶中，曾經見過他的臉。

還有日本高中生——笹島京也這個名字。

「什麼？」

我似乎猜得沒錯，吸血子果然沒有發現，用「這傢伙到底在說什麼」的眼神望著我。

「笹島京也同學。」

所以我也再次指向鬼兄，說出那個名字。

「吼喔喔喔喔喔喔喔！」

也許是那個名字成了導火線。

鬼兄非比尋常的咆吼聲響徹周圍。

那是人類無法發出的鬼之咆吼。

突如其來的吼聲讓與他對峙的莎兒身體抖了一下，無法馬上做出反應。

鬼兄沒有放過這個機會，揮下右手拿的刀子。

刀身上冒出火焰，讓人一眼就能看出跟先前的攻擊不一樣。

莎兒一瞬間就恢復行動能力，退向後方避開那一擊。

鬼兄揮空的一擊就這樣砍在地面上。

然後，巨大的破碎聲響徹周圍！

伴隨著衝擊波的火焰向四面八方擴散開來。

火焰溶化了冰雪，衝擊破粉碎了大地！

從鬼兒有能力跟莎兒正面交鋒這點，我知道他的能力值要不是也破萬，就是與之相近的數值。

地龍亞拉巴過去也曾經以四千左右的能力值，用魔法在一瞬間就完成一座土橋，由此可知只要能力值夠高，就能造成有如天崩地裂般的現象。

一旦能力值破萬，就算只是用力一砍，也能把大地劈開。

只不過，那種破壞力造成的後果超出了我的想像。

以揮下的刀子為中心，大地上出現了放射狀的巨大裂痕。

那裂痕深不見底，看得出來相當深。

然後，看到裂痕的切斷面，我這才明白那一擊的破壞力為何會超出我的想像。

雖然我以為這裡是普通的平地，但事實並非如此。

因為我看到的這片平地，其實是由很厚的冰層形成的大地。

換句話說，這裡是在冰河上面。

而冰河被鬼兒纏著火焰的一擊擊碎，形成了巨大的冰河裂隙。

幸好我跟吸血子她們的腳底下沒有出現裂痕。

但莎兒摔進裂痕之中了。

當然，因為莎兒擁有空間機動這個技能，就算被丟到半空中也不會有問題。

可是，前提是附近沒有敵人。

「莎兒！」

雖然吸血子大聲警告，但還是慢了一步，鬼兄對著摔到半空中的莎兒展開追擊。

用有別於劈開冰河的右手刀子的另一把刀。

刀子射出電流，擊中了莎兒！

當激烈的閃光與雷鳴平息時，已經找不到莎兒的身影了。

她似乎摔進冰河裂隙裡面了。

我想她應該沒死。

如果對手跟兩年前對決過的戰車一樣擁有無視抗性的攻擊手段，那倒是另當別論，但剛才那一擊不管怎麼看都是雷擊。

如果是這樣的話，那莎兒擁有雷抗性，還有破萬的魔法抵抗能力。

不會輕易就被殺死。

可是，她應該不會毫髮無傷，也不曉得冰河裂隙到底有多深，所以無法推測她得花多少時間才能回來。

這表示我們的最強戰力會暫時脫離戰線。

「吼喔喔喔喔喔喔！」

然後，不管怎麼想都對我們不是很友善的鬼兄逼近了。

我們有危險了。

wrath

# 劍魔拉斯

本名是拉斯。只不過，這是他本人用命名這個技能改過的名字，不是父母給他的名字。他是出現於帝國西北方的特異種巨魔。也是擁有身為日本高中生的記憶的轉生者。前世的名字是笹島京也。前世的他雖然身材嬌小且外表溫和，但也有著為了貫徹自己的思想不惜使用暴力的激進的另一面。轉生後的他變成了哥布林。在嚴苛的環境中堅強求生的哥布林的生存之道讓他深受感動，在心中發誓要以哥布林的一員的身分活下去。可是，在布利姆斯率領的帝國軍的襲擊之下，村子毀滅了。他受到布利姆斯的支配，過著被迫每天製造魔劍的生活，卻因為得到憤怒這個技能，而得以逃離支配。但是，這次卻換成憤怒這個技能讓他面臨喪失自我的危機。

# 閒話　召喚士布利姆斯的手記

帝國曆1379年
阿布之月7日

今天，我來到此地赴任。

雖然任務內容是建立通往魔之山脈的前線基地，但看來在我赴任之前，計畫就已經在慢慢進行了。

我原本還在擔心會不會得從建立村子開始做起，但魔之山脈前面已經建好一個有模有樣的村子了。

村子裡的居民都是跟我有著同樣境遇，被派遣到這個地方的士兵。

他們都是些因為素行不良或違反軍紀而被調來這裡的人。

這裡差不多算是流刑之地了。

在來自魔之山脈的魔物源源不絕的這個地方，還有辦法建立村子還真是不容易。

可是，真正的難關還在後面。

我被賦予的任務是攻略魔之山脈。

換句話說，我必須走遍這座充滿魔物的魔之山脈，確保通往魔族領地的進軍路線。

雖然過去也曾有過同樣試圖穿越魔之山脈進攻魔族領地的作戰，但全都以失敗告終。

原因是被魔之山脈的極寒環境，以及盤踞在該處的魔物擋住去路。

而我的任務就是把這些不可能克服的難題解決掉，這根本就是強人所難。

上面的人應該也不認為我有辦法達成。

他們對我的期望，說到底就是要我死在魔之山脈。

要不然就是讓我一點一點慢慢解決魔之山脈的魔物，多少對國家做出點貢獻。

當然，我並不打算死。

即使無法成功征服魔之山脈，只要慢慢拿出成果，應該遲早能得到重回帝都的許可吧。

帝都裡有我心愛的妻子與剛出生的孩子。

在見到還未見過的孩子之前，我絕對不能死。

雖然不曉得何時能回去，但我要忍到那個時候。

瑪亞之月６日

我來到此地赴任已經有一段時間了。

起初，我光是要維持村子就已經拚盡全力，但也慢慢有了餘力，變得能夠開始探索魔之山脈。

可是，這個部分目前遲遲沒有進展。

就算好不容易才湊齊足夠數量的禦寒裝備，一旦我們越是進到山裡，就會變得越沒用。

即使是短時間的探索行動，這股嚴寒還是極為危險。

不但如此，還有適應這種寒冷氣候的魔物會向我們襲來。

就算想要探索，也幾乎無法前進，幾乎每次都只能折返。

而且只要通過某個地點，就會開始出現哥布林，這也讓人相當頭痛。

在目前這種狀態下對付哥布林這種危險魔物是不智之舉。

只要發現哥布林，我就會避免與之交戰，直接原地折返。

雖說我是把安全擺在第一位，但目前的成果實在是太少了。

再這樣下去，天曉得帝都的大人物會怎麼說我。

我告訴自己，現在只能繼續忍耐。

帝國曆１３８０年

莎塔之月26日

今天，人在帝都的妻子來信了。

說是女兒不知道被什麼人綁架了。

收到信後，我立刻準備動身前往帝都，卻被副官制止了。

這個村子就跟流刑之地沒兩樣。

如果擅自離開這裡，只會被當成逃兵處理。

雖然坐立難安，但副官拚命勸說，我才好不容易打消這個念頭。

可是，我根本靜不下來。

我寄信給帝都裡的每一個朋友，拜託他們給個方便，設法讓我能夠回到帝都。

只要我說出女兒被綁架的事情，相信帝都的大人物應該也不會拒絕讓我回去。

只有女兒的安危讓我放心不下。

這個村子離帝都相當遠。

既然這封信寄到了，就表示我女兒已經被綁架一段時間了。

我女兒到底是不是平安無事？

只要想到在我寫這篇文章的時候，女兒可能也正在受苦受難，我就擔心得不得了。

神啊。

請祢保佑我的女兒。

納黑之月14日

從帝都寄來的信上，全都拒絕了我的要求，不允許我離開這個村子。

看來我是受到比自己想的還要嚴重的懲罰，才會被派遣到這個村子。

雖然我表面上是為了扛起害得部隊全滅的責任，才會在不明不白的情況下被派遣到這個地方，但看來原因並不是只有這樣。

據說我在艾爾羅大迷宮裡遇到的那隻蜘蛛型魔物，也就是現在被稱為迷宮惡夢的那傢伙，跑到迷宮外面惹出了不少麻煩。

有些人好像認為，都是因為帝國的部隊刺激到惡夢，才會害得牠跑出迷宮。

難道我就是為了負起那個責任，才會被派遣到這個地方嗎？

難怪羅南特大人會給我那麼多援助。

羅南特大人似乎是覺得自己把責任都推給了我，對此感到過意不去。

正因為有羅南特大人在場，我才能撿回一命。

我感謝他都來不及了，根本不可能懷恨在心。

可是，我還是很感謝他提供的援助。

在這種邊境之地，物資永遠都嫌不夠。

羅南特大人的援助幫了我不少忙也是事實。

我就接受他的好意吧。

而且我現在無論如何都得拿出成果不可。

只要時日一久，風頭遲早會過去，到時候我就能回到帝都。

可是，為了確認女兒是否平安無事，我必須盡快回到帝都才行。

如果可以的話，我現在就想趕回去，但要是真的那麼做，在最糟糕的情況下，我可能會被當成犯人逮捕。

如果這只是帝國內部的問題，那可能還有斟情酌理的餘地，讓帝國放我一馬，但惡夢是在其他國家作亂。

如果帝國是以國家身分讓我負起責任，藉此給其他國家一個交代，就不能這麼輕易放過我。

如果我想光明正大地回到帝都，就得立下大功才行。

我到底該怎麼將功贖罪？

哈克之月5日

最近，哥布林的活動範圍擴大了。

以往不前往深山就看不到的哥布林，也能在比較外圍的地區發現了。

要是放著不管，牠們遲早會開始在這個村子附近出沒吧。

逼不得已，我只好允許部下們與哥布林戰鬥。
只希望不要出現人員損失。

哈克之月13日

我查明哥布林的活動範圍擴大的原因了。
因為武器的強化。
雖然哥布林在遠離人類的地方形成了獨特的社群，但其文明遠比我們人族還要落後。
因此，牠們的武器品質也可想而知，但卻突然大幅提升了。
我們從交戰過的哥布林集團手中扣押的武器，全都比我們所使用的武器還要精良。
要是讓原本就不好對付的哥布林拿到這樣的武器，其危險度自然也會暴增。
似乎就是多虧了這些武器，哥布林才能擴展牠們的活動範圍。
不過，牠們到底是從哪裡得到這些武器的？
想要得到這些比我們帝國武器還要精良的武器，應該是件相當困難的事情。
雖然我們目前使用的武器都是軍方配給的量產品，但也是自稱世界第一大國的帝國製造的武器。
即使是配給的武器，也不可能品質粗劣。

更重要的，是這些都是那位羅南特大人透過關係送過來的武器。
哥布林那些品質更好的武器，即使是在帝國，也只有軍官階級的人用得起。
像這種高品質的武器，就算是帝國也很難準備這麼多。
但那些哥布林全都拿著這種武器。
牠們到底是從哪裡弄到這些武器？

哈克之月27日

我們一直以來慢慢收集的哥布林武器，終於達到一定的數量了。
這麼一來，我的所有部下都能拿到這些武器了。
今天，我們要襲擊哥布林的村子。
畢竟我不能就這樣放任那些哥布林擴展勢力。更重要的，是如果能夠攻佔魔之山脈的哥布林村，也算是立下了一件不小的功勞。
如果立下這樣的功勞，說不定我就能被允許回到帝都。
哥布林村的位置，已經被我派去偵查的鳥型魔物找出來了。
雖然我至今都把安全擺在第一位，不曾探索到那麼深入的地方，但如果硬要蠻幹，也不是到不了那裡。

雖然這會是危險的賭博，但只要賭贏的話，就有機會回到妻子所在的帝都。
只能放手一搏了。

亞弗之月4日

我們順利地成功攻佔哥布林村了。
我們為了取得武器，在事前獵殺離開村子的哥布林，順便削減其數量的行動奏效了。
留在村子裡的哥布林，幾乎都是小孩子與其母親，還有年老的哥布林。
拜此所賜，我當初一直擔心的人員損失並沒有出現。
雖然有人受傷，但沒人戰死。
這實在是太好運了。
收穫還不光是這樣。
我一直以來都想不通的哥布林武器出處之謎也解開了。
那些武器來自其中一隻哥布林所擁有的技能。
那技能名叫武器鍊成，是我從未見過也不曾聽說的技能。
只要消耗ＭＰ，就能憑空製造出武器，效果十分驚人。
只要還有ＭＰ，就能無限製造出品質精良的武器。

雖然是個可怕的技能，但只要能收為己用，就能得到難以估計的好處。

能夠支配擁有那個技能的哥布林，也只能說是算我好運了吧。

我的運氣真是太好了。

幸好我覺得那傢伙跟其他哥布林隱約有些不同，就拿出鑑定石對牠發動了鑑定。

若非如此，我可能早就殺死那隻擁有貴重技能的特異哥布林了。

也幸好那隻哥布林的等級很低。

如果想要支配魔物，原本必須長期拘束對方，一點一點慢慢馴服，但因為那隻哥布林的等級很低，讓我出乎意料地輕易就能加以支配。

話雖如此，但我只能支配牠的肉體，牠的精神還處於反抗的階段。

今後我得加強支配，讓牠徹底為我所用。

如果能夠支配擁有這種厲害技能的魔物，便可算是大功一件。

毀滅哥布林的村子。

還得到了這隻能夠製造出精良武器的哥布林。

以獻給帝都的禮物來說，這樣已經足夠了吧。

只要把這件事告訴帝都的大人物，我就能回到帝都。

我想早點回到妻子身邊。

然後去找尋女兒。

亞弗之月18日

雖然我想早點回到帝都，但我得先等待帝都的答覆。

在此期間，我一直在調教那隻哥布林。

首先，我得徹底掌握武器鍊成這個技能。

看來武器鍊成似乎相當消耗ＭＰ，一天頂多只能製造出一把武器。

即使如此，一天就能完成一把高品質的武器還是很厲害。

然後，只要消耗的ＭＰ越多，完成的武器品質似乎也會變得更高。

這麼一來，我只需要提升那隻哥布林的ＭＰ總量就行了。

我把魔之山脈的魔物抓了過來，讓哥布林給牠們最後一擊，藉以提升等級。

我不斷重複這個過程，還讓牠從哥布林進化成大哥布林，讓牠的ＭＰ總量變多了不少。

此外，武器鍊成的技能等級也有所提升，變得能夠讓武器附加特殊效果了。

我原本還覺得不可能，但看來牠連魔劍都做得出來。

在以強大魔物為素材製造出來的武器中，有極少數武器會得到特殊的效果。那就是魔劍。

即使是帝國，也只有極少數高官擁有魔劍。

而這隻哥布林能夠量產魔劍。

我非常確信。只要有這隻哥布林，我的地位就能得到保證。

只要有這隻哥布林，我就可以回到帝都，不需要顧慮任何人。

快點……我想快點回到妻子身邊。

女兒平安無事嗎？

妻子應該沒有因為太過操心而病倒吧？

我現在只掛念著她們兩個的事情。

卡德之月8日

我還沒接到帝都的回覆。

此外，我對那隻哥布林的支配也開始出現問題了。

支配本身確實有起到作用。

可是，怒氣與詛咒這類危險技能的等級一天比一天更高了。

看來儘管受到我的支配，村子被毀滅的怨恨也並沒有從牠心中消失。

在同一天成功支配的另一隻哥布林明明已經屈服於我了，牠的意志力還真是驚人。

我有種不好的預感。

難道我不該為了讓牠提升等級並且取得稱號，而命令牠吃掉自己的同胞嗎？

也許我該等到完全支配牠之後再進行強化。
仔細想想，這隻哥布林還擁有n％Ｉ＝Ｗ這個神祕的技能。
如果我沒記錯的話，那隻迷宮惡夢也擁有同樣的技能。
在那之後，我就不曾聽說過關於那隻迷宮惡夢的傳聞了。
我想應該只是因為傳聞沒有傳到這種邊境吧。
不過，那隻魔物強大到了那種地步。
就算牠引發了相當重大的事件，我也一點都不覺得奇怪。
而這隻哥布林也擁有跟牠一樣的技能。
難不成牠也有著跟迷宮惡夢一樣的潛力嗎？
如果真是這樣，那牠可能遲早會脫離我的掌控。
就算是這樣，我現在也不能放棄這隻哥布林。
因為我非得盡早回到帝都不可。

手記只寫到了這裡。

# 閒話　魔王與冰龍

「我搞砸啦！」

因為這陣子都沒發生大問題，一路上太過順利，我才會疏忽大意！

我完全搞錯應對之道了。

糟糕。

小白會死掉！

「啊～可惡！」

我踩了踩猿猴的屍體，發洩內心的焦慮。

都是這些傢伙害得事情變麻煩了。

就算我想放大招一口氣解決，但只要想到可能會跟剛才一樣造成雪崩，就無法這麼做。

拜此所賜，我花了點時間才徹底殲滅牠們。

在此期間，小白他們被雪崩沖到我的感知範圍之外了。

希望他們平安無事……

「總之先去找人吧！」

向艾兒她們下達指示後，我看向雪崩前進的方向。
『這麼快就要走了？』
像是要攔住這樣的我一樣，念話從頭上傳了過來。
抬頭一看，這座魔之山脈的主人——冰龍妮雅正在天上飛舞。
冰龍妮雅以讓人感覺不出其身軀龐大的優雅動作，在我們附近輕輕降落。
「有何貴幹？如妳所見，我正在趕時間。」
因為心急如焚，我的口氣變得很差。
『汝的心情好像不太好。』
「如果妳沒事，那我要走了喔。」
『如果沒事，妾身也不會想在汝面前現身。』
妮雅作弄人般的口吻讓我有些不爽。
『喔喔。真可怕呢。』
也許是看出我內心的不爽，妮雅像是要進一步挑釁般輕笑幾聲。
雖然腦海中在一瞬間閃過乾脆現在當場宰掉這傢伙的想法，但要是有時間幹那種事，還不如去找小白他們比較好。
『請別激動，聽我說完。』
我想要掉頭離開，卻被妮雅攔了下來。

老實說，只要跟這傢伙講話，我內心的壓力就會越來越大，所以實在很不想理她。

『如果汝只是經過此處，那妾身也不會有意見，但看到自家地盤被人搞得一團亂，當然會想要抱怨幾句。』

「……妳想說什麼？」

『沒什麼。但如果汝覺得過意不去，是不是該拿出點東西表達歉意？』

這傢伙！

居然敢在這種時候趁機敲詐！

「我並不覺得過意不去。剛才那是意外，我們這邊毫無過錯。」

『唉，妾身的眷屬們還真是可憐。只能看著強大的外來者旁若無人地在地盤裡橫行作亂，在夜不得眠的恐懼中瑟瑟發抖。沒想到天底下居然會有這麼過分的事情。』

冰龍誇張地搖頭嘆氣。

我想起來了。

雖然很久沒見面讓我忘記了，但如果問我哪隻龍的個性最爛，那答案肯定是這傢伙！

「如果妳希望的話，我也可以讓妳不用感到恐懼，安詳地永遠沉睡下去。」

即使我半認真地出言威脅，妮雅也是一副事不關己的樣子。

『這樣好嗎？要是汝對妾身動手，我家主子可不會默不作聲喔。』

我覺得在這種時候搬出邱列名字的妮雅，實在是個小角色。

不是狐假虎威，而是龍假神威。
雖然聽起來好像很厲害，但其實她只是個因為有靠山才敢說話大聲的小角色，所以才惡劣。
『放心吧，妾身並不打算跟汝討太多東西。只要把那輛馬車上載著的酒留在此處就夠了。』
妮雅的這個提議並不差，以賠禮來說也算是便宜。
可是，她錯就錯在選錯時間，還有把我惹得很不高興。
「我拒絕。」
『嗯？』
也許是沒想到我會拒絕，妮雅露出疑惑的表情。
要是她以為只要搬出邱列的名字，每個人就都會聽她的，那她就大錯特錯了。
『這樣好嗎？』
「那是我要說的話。這樣好嗎？要是妳繼續惹我，小心我真的宰了妳喔。」
也許是察覺我是說真的，妮雅開始慌張了。
『等一下！要是汝對妾身動手，我家主子真的不會默不作聲喔。』
「現在說這話已經太遲了。我已經宰掉地龍加基亞了。那就是答案。」
妮雅愣住了。
『汝……剛才說了什麼？』
「地龍加基亞死了，是我殺的。事情已經開始進展了。只是妳不知道罷了。」

地龍加基亞——

牠是守護艾爾羅大迷宮的地龍族長。

就地位來說，跟在我眼前的妮雅一樣是龍族的巨頭。

既然其中一個巨頭已經殞落，就表示事情已經出現重大進展。

事到如今就算我再殺一頭龍，也不會有所改變。

「那麼，妳想怎麼做？」

『妾身明白了！是妾身不好！』

也許是察覺形勢不妙，妮雅趕緊向我道歉。

「抱歉，可以請妳順便讓這場暴風雪停下來嗎？平常應該不會下這種暴風雪吧？」

『沒、沒問題。不過，可以稍微晚一點再動手嗎？』

「啊？」

『妾身明白了！妾身馬上動手！拜託別再發出殺氣了！』

我光是稍微瞪一眼，妮雅就立刻撤回前言了。

一旦發現形勢對自己不利，這種小角色就會突然改變態度。

『只不過，那可是操縱天候的大規模術式。就算妾身停下了術式，天候也不會立刻改善。這點還請見諒。』

「我明白了。」

看來就連妮雅本人也沒辦法立刻改變這種天候。

「那我還要趕時間，先走一步了。」

『趕快滾吧。真是的，剛才那個臭小鬼的事情也是一樣，今天真是禍不單行。』

雖然我想馬上去找小白她們，但妮雅的低語讓我有些在意，停下了腳步。

「妳口中的剛才那個臭小鬼……是巨魔嗎？」

『嗯？那不是巨魔，是鬼人。不過，其實那傢伙是什麼並不重要，他在前陣子回到妾身的地盤胡作非為，毫無顧忌地見人就殺。因為他實在太亂來了，妾身才會稍微教訓他一下。』

鬼人，巨魔進一步進化後的種族嗎？

那隻巨魔已經進化這件事八成是不會有錯了吧。

話說回來，她說回到這裡是什麼意思？

「既然妳說那傢伙回到這裡，就表示他原本住在這座魔之山脈裡面嗎？」

『沒錯。不過，那傢伙當時還是隻哥布林。不曉得他為何會讓自己進化成巨魔。我想十之八九是因為被迫離開這裡的影響吧。』

哥布林？

那就有點奇怪了。

雖然哥布林確實也能進化成巨魔，但那種魔物會主動放棄當個哥布林這點，讓我覺得非常奇怪。

哥布林都對自己身為哥布林這件事感到自豪。

如果不是發生相當重大的事件，哥布林不可能會進化成巨魔。

「發生什麼事了？」

『簡單來說，就是哥布林的村子被人類襲擊毀滅了。那個臭小鬼當時被人類用強硬的手段支配，然後就這樣被帶走了。』

原來是這麼回事啊。

那確實是會讓哥布林進化成巨魔的情況。

把剛才那些話跟在街上收集到的情報結合在一起，我猜那隻哥布林應該是被帶到這座魔之山脈山腳下的廢村了吧。

然後，以某件事為契機，他擺脫人類的支配，完成了復仇。

之後才遇到那些冒險者，將他們擊退。

「原來如此。」

『人類這種生物還真是喜歡亂搞。做出那種蠢事，也難怪那個臭小鬼會暴怒。』

嗯？

妮雅的說法讓我有些在意。

個性惡劣的妮雅居然會同情別人？

「不是只有被滅村而已嗎？」

『那件事可怕到讓人說不出口，妾身實在不便透露。只不過，對那個臭小鬼來說，就這樣死去或許才是幸福吧。』

看來事情似乎不是只有滅村這麼單純。

「話說回來，妳明明說要教訓他，卻沒有殺掉他嗎？」

『嗯。這是我家主子的命令，不准妾身直接下手殺掉他。因此，妾身才會計畫像這樣用暴風雪讓他自己冷死，但他意外地能撐。』

……要是死於這傢伙的魔法，不也算是直接下手嗎？

我實在搞不懂這傢伙心中的標準。

話說回來，邱列居然會專程命令她不准出手？

『對了，汝不是在趕時間嗎？』

雖然我好像想通了什麼，但在具體想法浮現之前，妮雅便如此問道。

「是啊。妳說得對。」

我還得去找被雪崩沖走的那四個人。

其他三人就算了，小白現在變得很弱。

要是不快點找到人，或許就為時已晚了。

不，我甚至不確定她是不是還活著……

一個普通人被捲入雪崩之中，天曉得還能不能活下來。

雖然我有種毫無根據的信賴，隱約覺得那個小白不可能死在這種地方就是了。

即使如此，快點找到人還是比較讓人放心。

「艾兒。」

總之，我先向揹著馬車的艾兒搭話。

艾兒知道我想說什麼，從馬車裡拿出某樣東西，擺在妮雅面前。

『這是？』

「算是給妳的情報費。」

把酒桶交給妮雅後，我們這次總算能朝向雪崩離開的方向前進了。

『非常感謝。』

背對著妮雅開心的聲音，我一邊輕輕揮手一邊開始找人。

# 7 我身陷絕境

鬼兄一邊發出咆哮一邊逼近。

負責迎擊的是我、吸血子與梅拉這三個人。

其中，我只是一般民眾，所以算不上是戰力。

雖然我們之中的最強戰力是吸血子，但就算是吸血子，也比不過身為人偶蜘蛛的莎兒她們。

我不認為我們打得過能跟莎兒正面交鋒的鬼兄。

那麼，我這時該採取的行動是什麼？

當然是逃命啊！

於是，我轉身背對衝過來的鬼兄全力逃跑。

因為剛才吸血子有稍微對我施展一下治療魔法，所以就算還沒完全復原，也至少能夠跑步了。

即使如此，但因為我的體力差到令人絕望的地步，所以很快就會筋疲力竭！

不過，有跑總是比沒跑要好！

我選擇逃跑並不只是為了自己。

老實說，現在的我只會扯後腿。

不光是毫無戰力，防禦力也低到讓人傻眼，光是被捲入戰鬥就會死掉。

要是有這樣的我在身邊，吸血子和梅拉也無法認真戰鬥。

如果能夠稍微幫上一點忙，那我也要一起戰鬥！

這種話好歹要是多少幫得上忙的人，才有資格說的話。

如果非但幫不上忙，而且只會礙手礙腳的話，那就只是在幫倒忙。

因此，為了至少別扯吸血子與梅拉的後腿，趕緊逃跑才是最好的選擇。

我絕對不是為了自保。

因為我只是在跑步。

身後傳來巨響。

戰鬥似乎開始了。

話說回來，距離太近了吧！

不光是聲音，我還能感受到空氣的震動。

來源就在不遠的地方。

嗯。憑我這雙慢腿，就算全速奔跑，能夠拉開的距離也頂多就是這樣了吧。

更何況對方還是能力值破萬，能用肉眼看不見的速度移動的怪物。

覺得自己逃得掉根本就是大錯特錯。

總覺得一點都不像是用肉身在戰鬥般的巨響，從我身後傳了過來。

等我一下。

拜託至少等我逃到安全距離之外吧！

真心拜託各位了！

也許是上天聽見了我的祈禱，一道衝擊波打在我身上，讓我因為反作用力在地上翻滾，成功拉開了距離。

呼，一定是因為我平時積了不少功德，這樣的好運才會降臨在我頭上！

至於我翻滾時的模樣非常狼狽，以及只差一點就會滾進冰河裂隙這些小事，就不需要去在意了。

真是好險！

為了避免摔進那道深不見底的冰河裂隙，我輕輕起身，又輕輕離開。

像這種時候，要是慌慌張張地想要逃開，冰塊就會照慣例碎裂，反而害人摔下去。

事實上，我已經聽到劈啪劈啪這樣的不祥聲響，必須不慌不忙地小心離開這裡才行。

跟冰河裂隙拉開足夠的距離後，我確認自己也遠離了戰場，暫時鬆了口氣。

因為一旦戰鬥提高到那種層級，雙方都能在一瞬之間移動幾十公尺，所以這點距離就跟沒有一樣，但還是好過完全沒有。

其實我不該在此停留，應該進一步拉開距離比較好，但很不好意思，我已經全身無力了。

我大口喘氣。

身體已經動不了了。

話說回來，吸進肺部的空氣太冷，讓我非常難受。

我明明才剛全力奔跑，身體卻沒有變暖和，反而變得更冷。

我面臨的威脅並非只有鬼兄。

這種彷彿讓人結凍般的嚴寒也很危險。

要是繼續暴露在這樣的寒冷之下，要不了多久，我就會變成冰雕。

我得盡快想辦法解決這個問題。

不過，如果想要擊退鬼兄，最好的辦法還是等莎兒重回戰場。

就算吸血子跟梅拉聯手，我也不認為他們能打贏鬼兄。

所以，最好還是讓他們專心爭取時間。

雖然如果不快點解決鬼兄，我就會凍死，但想要擊敗他就非得拖延時間不可，情況可說是進退兩難。

話說回來，為什麼鬼兄要襲擊我們？

「吼喔喔喔喔喔喔！」

嗯。一看就知道他已經失去理智了。

總覺得他只是看到人就襲擊。

我們初次遇襲的時候也是一樣，因為我們都躲在冰屋裡，應該看不到人才對，所以他應該不是在知道裡面的人是我們的情況下發動襲擊。

他肯定是看到梅拉朝向天空放出用來代替狼煙的魔法，才會得知這個地方有人，然後只因為這個理由就前來襲擊吧？

或許我該把現在的鬼兄當成是有著人類外型的野獸比較好。

不過，因為野獸還會選擇對手，所以可能還比較聰明。

嗯～

總覺得鬼兄目前的狀態好像讓我想到了什麼。

失去理智。

還有足以跟那個莎兒正面交鋒的能力值。

那不就是怒氣這個技能的效果嗎？

怒氣是能夠提升能力值的技能。

而且不像氣鬪法和魔鬪法那樣需要消耗ＳＰ和ＭＰ。

要是覺得這個技能超級棒，那可就大錯特錯了。

天下沒有白吃的午餐，怒氣這個技能不需要消耗任何東西的代價，就是有著巨大的缺陷。

那就是會失去理智。

一旦發動怒氣這個技能，視野就會被怒火染成一片赤紅。

就是強制讓人變得情緒激昂。

然後，使用者就會在怒火的驅使下施展暴力，但這個技能的可怕之處在於，只要不出於自己的意志開啟或關閉，就會永久持續下去。

而且要是長時間開啟技能，怒火就會不斷侵蝕使用者的意識。

如果使用者因為怒火而忘記自我，甚至連想要關閉技能的想法都會消失。

最後變成不管看到任何人都會襲擊的狂戰士。

鬼兄目前的狀況正是如此。

雖然這只是我的臆測，但我想應該不會有錯。

可惡，像這種時候，要是能使用鑑定的話，就能確認我的推測是否正確了！

啊，對了，我記得吸血子能夠使用鑑定。

因為是我推薦她這個技能的。

可是，我沒時間把這件事告訴吸血子。

更何況，我也不想闖進那場混戰之中。

「嗚！」

我才剛這麼想，發出可愛叫聲的吸血子就被打飛到我這邊了！

當然，我沒辦法接住她的身體，我們兩人就這樣撞成一團，一起在地上打滾。

好痛。

我要哭了。
「哈啊！哈啊！」
吸血子一邊大口喘氣，一邊迅速從我身邊離開，重新站了起來。
雖然她已經遍體鱗傷，但傷口轉眼間就癒合了。
自動恢復的速度還真快。
希望妳也能順便治療一下被妳撞飛的受害者。
什麼？沒空？
因為吸血子被擊飛，目前只靠梅拉獨自支撐著戰線。
而梅拉手中的劍已經從中斷裂，只能靠著劍柄與剩下一小截的刀刃，抵擋鬼兄的猛攻。
用那種武器無法完全擋下鬼兄的二刀流攻勢，梅拉身上的傷越來越多。
雖然吸血子也跟梅拉一樣，但情況更為嚴重。
因為吸血子沒拿武器。
吸血子還只是幼女，身材太過嬌小，不方便隨身攜帶武器。
而且吸血子愛用的武器還是大劍，這也是一大問題。
隨身攜帶那種武器只會礙手礙腳。
因此，吸血子愛用的大劍平時都擺在馬車裡面。
在遠離馬車的現在，那把大劍不可能在她身邊。

雖然吸血子當場用魔法製造出冰之大劍，但只承受鬼兄的一擊就粉碎了。

她幾乎等於是赤手空拳迎戰敵人。

雖然不到劍道三倍段那麼誇張，但赤手空拳挑戰拿著武器的敵人可是件難事。

面對這樣的對手，吸血子只稍微調整一下呼吸，就準備再次上前迎戰。

我拉住正要衝過去的吸血子的衣襬，讓她暫時停手。

因為我正倒在地上，所以只能拉住她的裙襬。

「幹嘛啦！我現在很忙！」

吸血子焦急地叫了出來。

這也難怪，在這種局勢下，被我這個只會扯後腿的傢伙真的扯了後腿，會生氣也很正常。

「鑑定。」

不過，現在還是稍微聽一下我的意見吧。

「什麼啦！……啊。」

那個「啊」是什麼意思！

妳忘記了對吧！忘記鑑定大人的存在了對吧！

居然敢遺忘在神化前那麼照顧我的鑑定大人！

「找看看有沒有怒氣這個技能。」

我壓下湧上心頭的怒火，叫她尋找怒氣這個技能。

雖然吸血子應該沒搞懂我的意思，但出於忘記鑑定的愧疚，她還是乖乖對鬼兄發動了鑑定。

「找不到。啊，不對，等一下，如果是憤怒這個技能，我倒是有看到！」

她說什麼？

等一下，這已經超出我的預料了。

我還以為會是怒氣，或是其上位技能——激怒。

雖說怒氣這個技能可以提升能力值，但也不能讓人得到足以跟莎兒對等戰鬥的力量。

即使存在著會失去理智這樣的缺點，但如果能夠得到那麼強大的力量，我當初應該會更加活用怒氣這個技能。

因此，我覺得很有可能是效果更強的上位技能——激怒。

但好死不死居然是憤怒？

憤怒——

那是被我稱為是做壞掉技能的七大罪系列技能之一。

從其他七大罪系列技能的傾向來看，憤怒肯定也是相當危險的技能。

然後，如果是從怒氣與激怒進化而來的技能，那效果應該也是其延伸。

也就是以失去理智為代價，讓能力值大幅提升。

難怪他能跟莎兒打得不相上下！

他會打輸帝國軍，肯定是因為害怕失去理智，沒有使用憤怒這個技能。

只不過，他當時可能被逼入絕境，結果發動了憤怒，要不然就是因為在這座魔之山脈被冰龍襲擊而發動。

雖然不曉得原因為何，但總之他發動了憤怒，然後失去理智來到我們面前。

這樣一切就都說得通了。

如果是這樣的話，那我也有辦法對付。

「蘇菲亞，用妒心對付憤怒！」

我不同於往常的強力話語，讓吸血子嚇了一跳。

不過，也許是用鑑定確認過了憤怒這個技能的詳細資料，她露出心領神會的表情。

「我明白了！」

一口答應後，吸血子衝了出去。

妒心是跟憤怒一樣同屬七大罪系列技能的嫉妒的下位技能。

其效果跟我過去擁有的封印的邪眼很像。

能夠封印對手技能的技能。

那就是妒心。

被封印的技能當然會變得無法使用。

如果能夠成功封印憤怒，鬼兄的能力值就會大幅減弱。

不但如此，他失去的理智說不定也能找回來。

這麼一來，就能確認鬼兄到底是不是笹島京也了。
他是繼吸血子之後，我遇上的第二位轉生者。
如果可以的話，我想留他一命，與他和解。
話雖如此，但前提是情況允許我這麼做。
雖然這麼說可能很薄情，但這件事並不比吸血子與梅拉，還有我自己的生命重要。
因此，我不希望勉強吸血子和梅拉，但總覺得吸血子的眼睛正在閃閃發光……
她的眼裡正燃燒著必勝的鬥志！
從吸血子跟艾兒的對打練習中，我發現她的個性似乎相當好強。
在被艾兒打得落花流水後，她通常都會悶悶不樂。
即使明知打不贏，但打輸了還是會懊悔。
而且相當好戰。
該怎麼說呢？她似乎很喜歡戰鬥這件事。
儘管我已經神化，沒人會逼她訓練，她也沒有疏於自我鍛鍊，就是因為這種不服輸與好戰的個性。
而現在，吸血子正帶著笑容跟鬼兄戰鬥。
雖然直到剛才都沒有太大勝算，繼續打下去的話，吸血子和梅拉都有生命危險，讓她露出認真的表情，但在找到致勝之道後，似乎讓她開始覺得有趣了。

真是個現實的傢伙。

而且還是感覺起來相當討厭的那種。

話雖如此，但情況對我們還是很不利。

妒心這個技能的效果也不會馬上顯現。

要花上一段時間才能封印憤怒這個技能。

而且還不曉得憤怒這個做壞掉的技能能不能夠封印。

如果我們想要存活下來，就只能讓吸血子封印鬼兄的憤怒，或是等到莎兒回歸戰線。

不管是哪一邊，吸血子和梅拉能不能爭取到那些時間，都是決定勝敗的關鍵。

然而……

不祥的碎裂聲響起了。

聲音是從地面傳來。

而且還是來自四面八方。

彷彿某種東西碎裂與碰撞摩擦般的聲響，隨著時間經過越變越大。

這裡就在巨大冰河上面，底下的地面其實是冰塊。

在真正的地面上，堆積著因為這座魔之山脈的異常寒氣而無法融化的冰。

那些冰被鬼兄剛才那一擊劈出巨大的裂痕，而且裂痕還因為後續戰鬥的餘波而變得更大。

儘管身在幾乎讓人結凍的嚴寒之中，我還是有種快要出汗的感覺。

只不過是冷汗。
這樣下去不太妙。
這條冰河快要崩壞了！
要是這條足以形成這種深不見底的裂隙的冰河崩壞的話，會有什麼後果？
遺憾的是，想像力極差的我並不清楚。
只不過，只有這點我很肯定——
我會死！
不管怎麼想，要是被捲入冰河的大崩壞之中，我必死無疑！
啊哇哇哇！
怎麼辦，我到底該怎麼辦？
總之，我得離開這裡。
話雖如此，但我現在已經累到動不了了！
連站都站不起來！
完全束手無策！
幫幫我吧，○啦A夢！
不管我在心中如何呼救，也沒有任何人來救我。
現實是殘酷的。

剛才的翻滾逃生可能已經用盡了我的運氣。

「咕哇！」

更糟糕的是，我聽到了吸血子痛苦的叫聲。

吸血子嬌小的身軀被鬼兄的刀子貫穿了。

從傷口滲出的鮮血逐漸染紅衣服。

梅拉倒在鬼兄腳邊，兩隻手都沒了。

因為兩隻手都被鬼兄砍斷了。

即使倒在地上，但他還是咬住了鬼兄的腳。

就算失去雙手，為了保護吸血子，他依然一如字面意義，拚命地緊咬著對手。

但鬼兄一臉厭煩地踢開梅拉，失去雙手的梅拉沒能保護自己，重重地摔在地上。

雖然他試著想要起身，但身體似乎不聽使喚，只能在地上掙扎。

就連身體被貫穿的吸血子，也被鬼兄像是要甩開刀子上的血一樣扔到一旁。

眼前的光景令人絕望。

可是，梅拉和吸血子都還沒死。

雖然梅拉已經瀕死，但身體還在動，而吸血子則是擁有不死體這個技能。

不死體這個技能有著一天一次，不管受到什麼攻擊，都能以ＨＰ１活下來的效果。

雖然她似乎因為身體被貫穿的衝擊而昏死過去，但應該沒死才對。

不過，這肯定是個危機。

就算還活著，要是被敵人追擊，恐怕毫無招架之力。

但不知道是幸還是不幸，吸血子並沒有受到追擊。

因為鬼兄的眼睛盯上我了。

怎麼會是我！

我努力鞭策使不上力氣的身體，用大鐮刀代替拐杖，勉強站了起來。

雖然就算能站起來，我也做不了什麼事情，但應該比什麼都不做來得好。

鬼兄猛然衝向努力起身的我。

當我注意到時，鬼兄的身體已經逼近眼前。

太快了啦！

鬼兄以肉眼看不見的速度造成的風壓，吹掉了我的長袍兜帽。

「唔！」

然後，看到我露出在外的臉孔，鬼兄的動作停止了。

咦？

難不成他認得我嗎？

雖然憤怒這個技能似乎還沒完全被封印，但多虧了吸血子的妒心，他可能稍微找回一些理智了。

如果我現在呼喚他，說不定能幫他找回理智！

「笹島同學？」

我緩慢且謹慎地叫了那個名字。

鬼兄板起臉孔，瞪大雙眼。

然後，他好像在心中糾結了一下，但重新眨了眨眼睛後，眼中便再次燃燒著憤怒的火焰。

還是不行！

事已至此，那我也沒辦法了。

雖然現在的我是比一般民眾還要弱的超級遜砲，但我要拚命抵抗了！

而且這把大鐮刀裡含有驚人的能量。

即使我沒辦法憑自己的意志發揮那股力量，但說不定能歪打誤撞發動某種效果。

懷著這種虛無飄渺的希望，我朝著鬼兄舉起大鐮刀。

但吸血子在這時從背後咬住了鬼兄的脖子！

「嗯嗯！」

她咬破鬼兄脖子的皮膚，開始吸起血來。

吸血鬼居然在吸鬼的血！

這光景還真是奇怪。

「吼喔喔喔喔喔喔喔！」

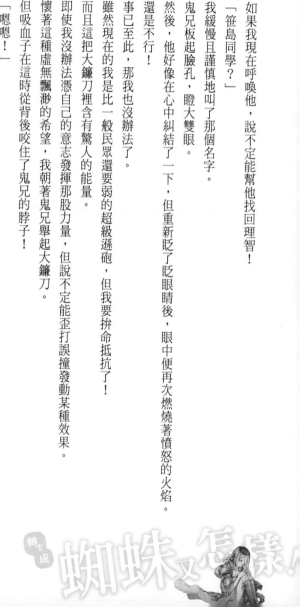

鬼兄一邊大聲咆哮，一邊掙扎著想要擺脫吸血子。

可是，吸血子似乎說什麼也不願意鬆口，緊緊咬住鬼兄的身體。

明明身受瀕死的重傷，她居然還這麼亂來！

鬼兄激烈掙扎，不斷地使勁跺腳。

受到那股衝擊，冰塊發出前所未有的危險聲響。

在那道聲音響起的同時，冰河裂隙變大到已經不能說是龜裂的地步，到處都出現了新的裂痕。

然後，冰塊沿著裂痕依序碎裂，掉進冰河裂隙的底下。

那幅光景已經變得像是地面正在爆炸了！

鬼兄被崩壞波及，身體往下一沉。

然後摔了下去。

還帶走了咬住他脖子的吸血子。

「蘇菲亞！」

我並不是有意為之。

更何況，我有好幾次都嘗試這麼做，但結果每次都以失敗告終。

可是，因為一時情急，我做出了自己最熟悉的動作。

在腦海中想像著白色的絲線。

以及將白絲從指尖射出去的光景。

然後用筆直射出的白絲纏住吸血子的身體，把她拉上來。

我沒想過自己會成功。

可是，我腦海中的想法化為現實，白絲從指尖射出，纏住吸血子的身體，防止她繼續墜落。

我試過那麼多次都辦不到的事，此時不知為何輕易就辦到了。

這根本就是天外奇蹟。

可是，就算是天外奇蹟我也歡迎！

我使勁站穩腳步，拉住吸血子的身體。

鬼兄跟吸血子終於分開，頭下腳上地往冰河裂隙底下摔落。

很遺憾，我沒有餘力能夠救他。

即使他真的是轉生者笹島京也亦然。

話說回來，我也快要掉下去了！

雖說是幼女，但我的力氣可沒有大到能支撐住一個人的體重！

就算能夠射出絲，肌力似乎也沒有改變。

也許是看到我的痛苦表情，吸血子趕緊拉著絲爬了上來。

然後，她總算是成功爬上來了。

不過，現在還不是放心的時候。

因為崩壞還在繼續進行。

要是不趕快離開這裡就糟了。

「梅拉佐菲呢？」

吸血子環視周圍，找尋梅拉的身影。

「找到了！」

我追著吸血子的視線看了過去，發現梅拉快要摔進裂隙之中。

糟了！

我趕緊射出絲。

絲纏住身體有超過一半滑落裂隙的梅拉，在千鈞一髮之際讓他免於摔落。

吸血子立刻從我手中搶過絲，把梅拉的身體拉了過來。

「大小姐，真是抱歉。」

「沒關係。幸好你平安無事。」

梅拉露出痛苦的表情道歉，而吸血子抱住了這樣的他。

雖然主僕之情令人動容，但現在可不是做這種事的時候吧！

為了趕快逃命，我站了起來。

但雙腿突然傾斜了。

不是因為疲勞而站不住腳。

而是因為地面本身傾斜了。
啊，糟了。
這樣的念頭才剛閃過腦海，我們腳底下的地面就崩壞了。
三個人一起往下墜落。
吸血子，快使用空間機動！
我看向吸血子，但她閉上了眼睛。
她竟然抱著梅拉昏死過去了！
誰教她剛才要那麼亂來，這也是沒辦法的事！
不過，我還是希望她能再稍微努力一下！
原本就已經身受重傷動彈不得的梅拉，絕對不可能使出空間機動！
正當我覺得萬事休矣，閉上眼睛等死的瞬間，我們不再墜落了。
戰戰兢兢地睜開眼睛後，我發現我們三人的身體掛在一張白色的網子上。
而拖著網子的人正是莎兒。
親愛的莎兒！
妳來得正是時候！
莎兒就這樣用空間機動在空中奔跑，逃離崩壞的冰河。
不用說也知道，那個平時很不可靠的莎兒，就只有這時候看起來超級可靠。

# 血2　新的宿敵

我睜開眼睛，看到白色帳棚的天花板。

用愛麗兒小姐的絲做出來的這頂帳篷有著足夠的禦寒能力，舒適到從外表無法想像的地步。

就算是在這塊嚴寒之地，也能讓人住得下去。

總覺得有點懶洋洋的，想要在溫暖的被窩裡多待一會兒。

我覺得睡個回籠覺好像也不錯，便翻了個身。

身體轉向旁邊的我，看到了躺在床上的梅拉佐菲。

啊啊，他受傷昏倒的樣子也好帥。

啊！

就在這時，我想起昏倒前一刻發生的事，從床上跳了起來。

「嗯？妳醒了嗎？」

坐在不遠處的椅子上的愛莉兒小姐，對著從床上起身的我如此問道。

「是的。早安。」

「嗯。早安。」

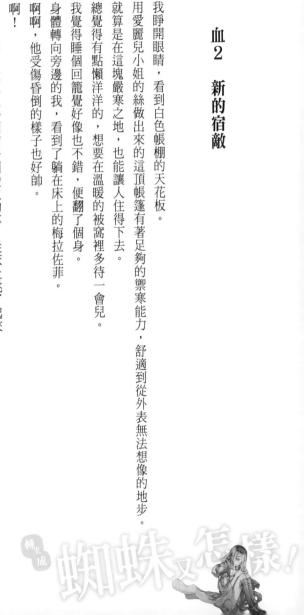

雖然腦袋還不是很清楚，但我還是成功地向她問早。
「還好吧？要不要再多睡一會兒？」
也許是看出我的身體不是處於最佳狀態，愛麗兒小姐溫柔地如此提議。
「不，不用了。」
我沒有照著她的建議去做，爬起來環視周圍。
梅拉佐菲躺在我旁邊，而另一邊則躺著白。
把視線移向帳篷的角落，莎兒就縮起身子蹲在那裡。
當時在場的所有人全都待在這裡，一個也沒少。
這讓我鬆了口氣。
「等我一下。」
說完，愛麗兒小姐為我準備了溫暖的茶。
「謝謝妳。」
我離開被窩，一邊在愛麗兒小姐對面的椅子坐下一邊道謝。
「你們好像遇到了大麻煩。」
「是啊。」
我一邊讓茶流進喉嚨，一邊對愛麗兒小姐的話表示肯定。
那真的是個大麻煩。

我們能夠一起活著回來，純粹是因為運氣好。

「可以麻煩妳告訴我詳細情形嗎？雖然我姑且從小白口中大致聽說過了，但妳也知道小白就是那樣。」

聽到愛麗兒小姐這麼說，我大致明白她的意思了。

雖然白八成已經做過說明，但想也知道那傢伙不可能說得太清楚。

她肯定只有丟出一些關鍵字，讓愛麗兒小姐拚命解讀那些線索吧。

「我明白了。」

然後，我說明了我們跟愛麗兒小姐她們走丟後發生的一切事情。

包括我們在走丟後蓋了冰屋等待救援的事。

在那裡被傳說中的巨魔襲擊的事。

以及那場死鬥的過程。

還有白說那隻巨魔是笹島京也的事。

「嗯～那隻巨魔。啊，他好像進化成鬼人了對吧？算了，先不管那種小事，那傢伙真的是笹島京也嗎？」

面對愛麗兒小姐的問題，我無法回答，只能閉口不語。

面對我的這種態度，愛麗兒小姐並不感到焦急，願意給我時間。

「……我不知道。」

總算下定決心後，我實話實說。

「不知道？」

「嗯。因為我幾乎不記得前世同學的長相。」

我對前世的校園生活並沒有留下太好的回憶。

畢竟我在國小與國中都受到霸凌，雖然上了高中後沒被霸凌，卻經常被人在背後說壞話。

就算說我的同伴只有父母也不為過。

因此，對於同班同學的長相，我記得不是很清楚。

正確來說，我連他們的名字都記不得。

所以，就算聽到笹島京也這個名字，也想不起他的長相。

既然白是看到那張臉才說出那個名字，就表示那個鬼的長相或許跟前世的笹島京也一模一樣。

畢竟白也是如此。

可是，我根本就連笹島京也這個人都記不得了，所以也只能回答不知道。

在多少夾雜著一些怨言的同時，我把這些事情告訴愛麗兒小姐。

「呃～」

愛麗兒小姐抬頭看向天空，一副不知道該說什麼的樣子。

「嗯，既然是這樣，那也怪不得妳……吧？」

「沒錯。怪不得我！」
愛麗兒小姐回答得有些含糊，讓我再次如此強調。
「好吧，我知道了。」
愛麗兒小姐舉手投降。
「那麼，假定他就是笹島小弟，妳想怎麼做？我已經派艾兒她們去現場察看了。」
「怎麼做……妳這話是什麼意思？」
我不是很懂愛麗兒小姐這句話的意思。
「我是問妳要不要留他一命。雖然他可能已經死了，但如果還活著，妳打算怎麼處理？」
原來是這個意思。
因為對方是轉生者，所以愛麗兒小姐也有所顧慮。
那種問題根本就不需要問。
「當然是宰了他。」
「噗呼！」
我這句話讓愛麗兒小姐噴茶了。
「妳在幹嘛啦？髒死了！」
「啊，抱歉。呃～可是，我覺得剛才是妳不對。」
「我覺得推卸責任是不好的行為。」

「呃，好吧。」

愛麗兒小姐臉上有些不滿。

「怎麼了嗎？難不成妳以為我會拜託妳別殺他？」

「嗯。我是這麼以為。」

「那是不可能的事。」

「不可能啊。」

愛麗兒小姐仰天長嘆。

「可是，既然妳在日本出生長大，那理所當然會對殺人感到抗拒不是嗎？更何況對方還是同鄉的日本人。而且我聽說笹島小弟是因為憤怒這個技能才會失去理智不是嗎？那並非他本人的意願，應該有量情減刑的餘地吧？」

「愛麗兒小姐，日本也有過失致死這樣的詞彙喔。而且那可是會被問罪的。」

愛麗兒小姐再次仰天長嘆。

「雖然妳說我在日本出生長大，但現在的我是在沙利艾拉國出生，在這個世界長大。早在故鄉毀滅時，我就把日本的倫理觀念捨棄掉了。更何況，我對前世幾乎毫無留戀。同鄉？對那種連長相都記不得的傢伙，我連一點親近感都沒有。」

愛麗兒小姐保持著仰天長嘆的姿勢動也不動。

「再說，就算他還有理智，也不見得是個正常人。畢竟他連食親者這種可怕的稱號都有。」

「咦！」

在鑑定時發現那個稱號時，我還懷疑自己有沒有看錯。

如果取得那個稱號的條件就跟字面意義一樣，那就是那麼回事了吧？

會做出那種事的人不可能正常。

即使是在失去理智時做出那件事，也還是一樣可怕。

「原來冰龍妮雅說得就是這件事啊。太殘忍了。」

雖然愛麗兒小姐小聲說了什麼，但那與我無關，所以我也不去在意。

「更重要的，是那個混帳差點就殺了梅拉佐菲！即使萬死也不足惜！」

愛麗兒小姐一邊仰天長嘆一邊雙手摀臉。

「他讓梅拉佐菲受到那種重傷，我不可能原諒他吧？而且他還讓梅拉佐菲向我道歉。梅拉佐菲的那種……那種表情也好帥……不對！讓梅拉佐菲說出那種話的傢伙，我不可能饒他一命。如果可以的話，我甚至想親手把他大卸八塊！我想想……至少要先讓他嚐嚐梅拉佐菲受到的痛苦。要是不砍飛他的雙手，然後把他踢飛出去，嘲笑在地上淒慘掙扎的他，我就嚥不下這口氣。」

「啊～暫停暫停。我已經明白了。妳不要再說了。」

愛麗兒小姐一臉疲倦地打斷我的話。

「是我教育失敗嗎？」

被她小聲這麼說實在非我所願。

當我正準備開口質問時，艾兒等人回到帳篷了。
「喔，歡迎回來。結果如何？」
對於愛麗兒小姐的問題，艾兒默默地搖了搖頭。
「這樣啊。沒辦法嗎？」
不光是看動作，因為愛麗兒小姐跟艾兒她們被眷屬支配這個技能聯繫在一起，所以能在某種程度上理解對方的想法。
她似乎就是藉此得知調查結果。
「聽說變成戰場的冰河已經完全碎裂，而且像是雪崩一樣從山坡上滑落了。想要找尋被捲入其中的笹島小弟似乎有些困難。」
是嗎？
這倒是有些可惜。
「這麼一來，他可能已經死了。」
「不，他還活著。」
我否認了愛麗兒小姐的推測。
「因為我的等級沒有提升。」
「啊……」
我的等級是1。

其實從出生後一直到現在，我完全不曾提升過等級。

因為白難得說了「在強化技能封頂之前，最好不要提升等級」這麼一大段話勸我別升級。

一旦能力值的強化技能進化成上位技能，就能提升升級時的能力值上升值。

白告訴我，韋馱天這個上位技能就讓她受惠不少。

因此，在進化成上位技能之前，我不打算提升等級。

因為就算不提升等級，也能鍛鍊能力值與技能。

而我至今依然沒有提升過等級。

如果擊敗了那麼強大的傢伙，等級沒有提升反而奇怪。

所以，那傢伙還活著。

絕對不會錯。

「呼呼。既然還活著，那我總有一天要討回這筆帳。」

我非常確信。

我總有一天會再次跟那傢伙碰面。

「嗚哇～好邪惡的笑容。」

愛麗兒小姐的嘴角抽動了幾下，不知道在說什麼。

艾兒沒有發表意見，擺出一副事不關己的樣子；莎兒躲在帳篷角落瑟瑟發抖；莉兒歪著頭；

菲兒露出懷著「雖然搞不清楚狀況，但總覺得很厲害」這種愚蠢感想的表情。

「……我又被她救了一命。」

我不經意地看向睡著的白，小聲說出這句話。

「是啊，她好像變得能夠射出絲了。難道這就是火災現場的爆發力嗎？」

愛麗兒小姐說出有些脫軌的感想。

白能夠在那種情況下奇蹟似的領悟射出絲的方法，我覺得確實是很厲害。

不過，比起那種事，再次被白拯救這件事對我來說重要多了。

每次都是這樣。

每次到了關鍵時刻，我總是被白拯救。

兩年前，看到白失去力量時，可恥的我居然暗自竊喜。

因為「這樣一來我就能報答變弱的白」這樣的自私想法，以及「對白變弱這件事本身感到歡喜」這種更加過分的想法。

在我眼中，白太強了。

她無所不能，還能保護任何人。

所以我只能被她保護，完全無法報恩。

在此同時，我也覺得太過強大的她很卑鄙。

所以，當白變弱時，我很高興。

真的很高興。

我是個可恥的傢伙。

不過，這次的事件讓我明白了。

白還是一樣強大。

因為她明明那麼弱，卻還能再次拯救我。

這不是戰鬥力強弱的問題。

在與戰鬥力無關的其他地方，她很強。

而我還很弱。

不管是心靈，還是肉體。

「我想變強。」

「我覺得妳已經變得夠強了。」

「還不夠。」

愛麗兒小姐的安慰毫無意義。

因為我還遠遠比不上愛麗兒小姐她們。

「我得變得更強才行！」

心靈的問題沒辦法一朝一夕就解決。

畢竟這顆卑鄙的心是在前世養成的。

沒辦法輕易改變。

當然，我並非放棄改變。
就算只能慢慢來，我也得學會律己。
不過，這得花上一點時間。
所以，我至少得讓身體變得更強。
至少不能輸給那個可恨的鬼。
「決定了！從明天開始，我要做更多訓練！等著瞧吧！我下次絕對會贏！」
「呃～要適可而止喔。」
我握緊拳頭，重新鼓舞自己。
莉兒與菲兒學我握緊拳頭，艾兒悄悄溜了出去。
莎兒？
她一直躲在角落發抖。
「梅拉佐菲小弟，加油吧。」
雖然愛麗兒小姐一臉擔憂地小聲這麼說，但是放心吧！
梅拉佐菲已經很努力了！
我發誓要變得更強。
為了下次能夠換我來拯救白。
也為了總有一天再次跟那個鬼對決時能夠打贏。

# 鬼的咆哮

在極寒之地，冰塊碎裂了。

宛如直接體現出碎冰者本人心中的破壞衝動一樣。

即使已經結凍，飛濺的紅色鮮血依然讓人聯想到火焰。

不會熄滅的火焰。

周圍彷彿被結凍般，連一點聲響都沒有。

即使來到這片凍結的大地，也無法讓鬼心中的火焰熄滅。

氣溫越是寒冷，火焰反倒燒得越旺。

燃燒。再燃燒。

人性早已被凍結，只有純粹的怒火越燒越廣。

眼睛只能看到應該破壞之物。

鼻子只能聞到應該破壞之物的味道。

耳朵只能聽到應該破壞之物的慘叫。

舌頭只能嚐到咬緊牙關後的血腥味。

心中只能感到永無止境的憤怒。

「吼喔喔喔喔喔喔喔！」

發出咆哮的鬼，眼中早已看不到理性的光芒。

# 後記

大家好，我是馬場翁。

近日後記開頭的哏也差不多用完了。

真傷腦筋。

雖然後記的哏用完了，但故事本篇的哏還沒用完，請大家放心！

反倒是想寫的東西太多了，讓我一直很煩惱該怎麼全部塞到一本書裡面。

真傷腦筋。

咦？你說結果還是要傷腦筋？

要是在意的話就輸了喔。

不過，因為劇情走向跟網路版已經差了很多，而且還得全部塞進一本書裡面，所以這其實還挺困難的。

在這個過程中，就算在網路版只是有名字的路人的戈頓先生變得有些出風頭，也是無法避免的事。

他在網路版明明真的只是個路人，卻在不知不覺中變成一個有名字的角色。

而且他未來還會出場，比起網路版升格了許多。

升格的幅度就跟在網路版連個影子都沒有的迪巴先生差不多。

順帶一提，升格最多的傢伙不用說也知道是榮登S篇主要角色的菲。

雖然各個角色的待遇就像這樣在網路版跟書籍版有所出入，但有所改變的也並非只有人類角色。

冰龍小姐不知為何變成了很有個性的角色。

這傢伙在網路版中明明連一句台詞都沒有，到底為什麼會變成那樣？

還真是不可思議。

順帶一提，從第一集開始，這個系列的每一集裡都有龍或者是竜出場。

只要這樣一想，就會覺得牠們也是被厚待的一群。

目標是每一集都要出場！

接下來是致謝時間。

我要感謝不管是人還是魔物還是機械都能畫出美麗插畫的輝竜司老師。

真的非常感謝您。

再來是以漫畫描繪出火熱戰鬥的かかし朝浩老師。

在かかし朝浩老師繪製的漫畫版第四集裡，正一如字面意義上演著蜘蛛子火熱的中層之戰，請各位務必一看。

還有以責編W女士為首，為了讓這本書問世而提供協助的所有人。
以及所有拿起這本書的讀者。
真的非常感謝大家。

## 這個勇者明明超TUEEE卻過度謹慎 1~2 待續

Kadokawa Fantastic Novels

作者：土日月　插畫：とよた瑣織

**用來對付新強敵和魔王的最後王牌——**
**謹慎勇者的奧義即將解禁！**

廢柴女神莉絲妲及勇者聖哉要聯手拯救難度MAX的世界。新敵人是高速飛行的巨蠅、攻擊無效的死神等比之前更棘手的怪物！聖哉將窩在神界學到強大的犯規技能，拿掉無數壓抑聖哉力量的負重環，進行挑戰……？

各 **NT$220/HK$73~75**

## 轉生為豬公爵的我，這次要向妳告白　1 待續

Kadokawa Fantastic Novels

作者：合田拍子　插畫：nauribon

**第一屆カクヨム網路小說大賽特別賞得獎作！**
**轉生到動畫世界的少年向壞結局的命運反抗！**

意外轉生到動畫世界成為反派豬公爵的我，照劇情走就會直奔壞結局!?這可不行！我要運用熟知的動畫知識以及「全屬性的魔法師」這神扯的無雙能力，變成學園人氣角色，改變命運！然後，致我所愛的夏洛特——我要成為配得上妳的男人，向妳告白。

**NT$220/HK$75**

# 轉生就是劍 1~2 待續

Kadokawa Fantastic Novels

作者：棚架ユウ　插畫：るろお

**堂堂攻略了滿是哥布林的地下城後，**
**芙蘭與師父一同踏上邁向傳說的第一步！**

芙蘭稚氣的外貌讓她創下的功績在公會內部引發疑竇。眼見事態越發嚴重的公會會長，向他們提出了高難度的委託工作。絲毫不在意周遭眼光的兩人儘管不是很想接，還是受到追加的報酬所誘。然而此時的他們沒有料想到那個目的地竟被設下了危險的陷阱——

各 **NT$250~260/HK$75~82**

自由人生
異世界萬事通奮鬥記
2
気がつけば毛玉
插畫 かにビーム
Kadokawa Fantastic Novels

## 躺著也中槍的異世界召喚記 1 待續

Kadokawa Fantastic Novels

作者：結城ヒロ　插畫：hatsuko

**捲入異世界召喚的少年們，**
**迎接他們的命運將會是——!?**

優斗、修、卓也以及和泉遇上客運車禍，就這麼以勇者和受召喚牽連的朋友們身分在異世界展開生活，在這個劍與魔法實際存在的世界裡過得還算開心，每天都過得很充實。然而他們卻擁有某種祕密。那是在平穩的日常生活中無法想像的事情……!?

**NT$200/HK$65**

# 異世界建國記 1~2 待續

Kadokawa Fantastic Novels

作者：櫻木櫻　插畫：屡那

**為了野心、為了摯愛，**
**亞爾姆斯將挑戰「神明決鬥」！**

為了繼承羅賽斯王之國的王位，亞爾姆斯決定與國王最鍾愛的女兒尤莉亞結婚。與此同時，亞斯領地和鄰近的迪佩魯領地因為難民問題而發展成交戰的勢態。迪佩魯領地的領主里卡爾遂向亞爾姆斯提出「神明決鬥」，沒想到……！

各 **NT$220/HK$68~75**

國家圖書館出版品預行編目資料

轉生成蜘蛛又怎樣！/ 馬場翁作；廖文斌譯. -- 初版.
-- 臺北市：臺灣角川，2019.08-
冊；　公分
譯自：蜘蛛ですが、なにか？
ISBN 978-957-743-147-9(第 8 冊：平裝)

861.57　　108009730

Kadokawa
Fantastic
Novels

# 轉生成蜘蛛又怎樣！8

（原著名：蜘蛛ですが、なにか？8）

2019年8月1日　初版第1刷發行
2021年6月24日　初版第4刷發行

作　者：馬場翁
插　畫：輝竜司
譯　者：廖文斌

發行人：岩崎剛人
總編輯：蔡佩芬
編　輯：蘇涵
美術設計：李思穎
印　務：李明修（主任）、張加恩（主任）、張凱棋

發行所：台灣角川股份有限公司
地　址：105台北市光復北路11巷44號5樓
電　話：（02）2747-2433
傳　真：（02）2747-2558
網　址：http://www.kadokawa.com.tw
劃撥帳戶：台灣角川股份有限公司
劃撥帳號：19487412
法律顧問：有澤法律事務所
製　版：巨茂科技印刷有限公司
ISBN：978-957-743-147-9